L'INSURRECTION IMPÉRIALE

CHRISTOPHE LÉON

L'INSURRECTION IMPÉRIALE

lemuscadier NOIR

DANS LA MÊME COLLECTION

- *Pourquoi tu pleures ?*, Amélie Antoine, 2023
- *L'homme qui crie*, Christian Grenier (à paraître)

DU MÊME AUTEUR

- *Tu t'appelles Amandine Keddha* – Le Rouergue, 2002
- *Palavas la Blanche* – Le Rouergue, 2004
- *Journal d'un étudiant japonais à Paris* – Le Serpent à plumes, 2007
- *FRANS 68* – Ramsay, 2021

—

- *Délit de fuite* – La Joie de Lire, 2011
  (adapté pour France 2 sous le même titre en 2014)
- *Le petit criminel* – Le Seuil, 2013
- *Le jour d'après* – Thierry Magnier, 2014
- *Hoax* – Oskar, 2016
- *Black Friday* – Le Muscadier, 2020
- *Les dernières reines* (avec Patricia Vigier) – Le Muscadier, 2021
- *Missié* – éditions D'Eux, 2022

BP 60076 – 16103 Cognac cedex
www.muscadier.fr
info@muscadier.fr

Couverture & maquette : La Femme assise
Photographies de couverture : © Thicha / AdobeStock
© Pexels

La collection lemuscadier NOIR est publiée sous la direction littéraire de Christophe Léon.

ISBN : 978-2-38302-010-3
ISSN : à venir
1re édition – 1er tirage

La Mort, mystère inexplicable, dont une expérience journalière paraît n'avoir pas encore convaincu les hommes.

Benjamin Constant

Sans ces trois choses : mécontentement, prétexte et espoir,
il ne peut y avoir aucune rébellion,
et lorsqu'elles sont toutes réunies, il ne manque plus
qu'un homme de crédit pour montrer l'exemple
et sonner trompette.

Thomas Hobbes
(*Éléments de loi*, Partie II, Chapitre 27)

Format A5, de la famille des couteaux, la *feuille de boucher* a pour mission de débiter des carcasses. D'un mouvement du bras, l'impulsion et l'élan lui donnent la vitesse et la force de trancher muscles et os. À plat, elle écrase, écrabouille, réduit en purée, attendrit la chair.

Elle porte différents noms selon les pays, les mœurs et les bouchers : la feuille belge, la feuille suisse, le couperet parisien ou encore la feuille à dos droit.

Difficile de conseiller quelle feuille choisir sans tenir compte de l'*habitus* de son utilisateur, de son expérience et de l'agrément espéré.

CHAPITRE 1

La mouscaille de la Seine écrasée par un ciel de plomb serpente dans l'intestin parisien d'une capitale congestionnée, à cette heure matinale, par le flot incessant et occluant d'une circulation pandémoniaque. Jeffrey Poux de Maizieux est debout derrière la grande baie vitrée de son bureau perché au dernier étage de l'immeuble haussmannien qui lui appartient. Acquis par sa famille il y a des lustres, il a été transformé en bureaux loués à des sociétés de services qui, pour la plupart, sont des satellites de sa holding financière basée dans l'île de Man en mer d'Irlande. JPM – comme de rares intimes se risquent à acronymiser son patronyme quand la situation s'y prête et paraît assez détendue pour que l'homme ne se rebiffe pas (ses colères étant connues, disséquées, analysées dans le monde des affaires) – observe la Seine. Il la contemple chaque matin de la semaine du haut de son juchoir. JPM la considère pour ainsi dire sienne, même s'il ne pourra jamais se l'offrir, ce qui serait de toute évidence une faute de goût. Chez les Poux de Maizieux, on ne badine pas avec le savoir-vivre ni le savoir-paraître, moins encore avec l'éducation.

Industrielle et commerçante depuis des générations, anoblie sous Louis XIV, la famille de Maizieux compte, a compté et comptera un nombre conséquent de polytechniciens. JPM n'est lui-même diplômé que de l'ESSEC (major) et de HEC, ce qui est bien suffisant pour asseoir et faire fructifier la fortune de la tribu. Avec sa chère (dans tous les sens du terme) et tendre (quelquefois) épouse, Sandrine Poux de Maizieux – que personne n'ose rapetisser à un rudimentaire SPM de peur d'une excommunication immédiate –, présidente-inspiratrice d'une fondation caritative nommée Azar – ce qui signifie *secourir* en araméen (« Avoir confiance en l'humain et donner à tous le moyen de suivre sa propre route » en est la devise) –, JPM a eu deux beaux enfants : Sébastien et Aurélien. L'aîné, Seb, termine ses études aux États-Unis dans une grande et prestigieuse école de commerce à deux cent mille dollars l'année. Il prendra la suite de son père quand le temps sera venu pour JPM de passer la main, en l'occurrence après son décès – les grands capitaines d'industrie, on le sait, n'ont pas vocation à la retraite anticipée ni à lâcher la barre du navire avant l'ultime naufrage. Quant à Aurélien, le cadet, rebelle et farouche, roulant cependant dans le SUV Alfa Roméo Stelvio offert par sa mère qui le préfère secrètement à Seb, il achève ses études à l'ESCP Business School. L'ingrat envisage de rompre provisoirement avec la dynastie. Le temps de se faire une place au soleil avec l'argent que JPM ne manquera pas de lui créditer sur un compte *offshore* pour accoucher sous péridurale parentale de son propre *bizness*. Chez les Poux de Maizieux, l'esprit de clan est sacré, indestructible et cartésien.

JPM en est toujours à rêvasser derrière la baie vitrée quand, dans une poche de son pantalon prince-de-galles, son portable vibre. En photo dans des magazines *people*, JPM est le plus souvent fringant. Il affiche l'air constipé de celui qui cogite sur un problème que le commun des mortels ne saurait envisager sans s'occasionner une rupture d'anévrisme. En vérité, JPM est un homme costaud et bréviligne. Ses larges épaules soutiennent une tête massive qu'il eût été jouissif de couper sous la Révolution, mais qu'il peut aujourd'hui se permettre d'arborer sans craindre la décollation. Ce corps charpenté, à 59 ans, JPM l'entretient en pratiquant le triathlon avec le même déterminisme buté et volontaire qu'il met à conduire ses affaires. Tous les week-ends, le businessman se lève aux aurores, enfourche une bécane de course douze vitesses et pédale avec ardeur ses quatre-vingt-dix kilomètres minimum. Il s'active vêtu d'une combinaison et d'un cuissard high-tech qui laissent respirer son corps et assurent une régulation thermique ainsi qu'une évaporation quasi instantanée de la sudation. Une tenue abhorrée par sa femme. Sandrine Poux de Maizieux l'appelle en privé et d'un air dégoûté un *moule-bite*. Dans son effort cycliste, JPM est suivi à distance par une voiture conduite par son homme à tout faire, à la fois garde du corps, valet de pied et secrétaire particulier : Gaétan Morizet de la Barre. Gaétan est le rejeton d'une famille certes désargentée mais nobiliaire. Un garçon passe-partout, d'une célérité rare et dévoué comme peut l'être un labrador à son maître, corps et âme. Le jeune homme ne rechigne jamais à courir sur les talons de JPM les vingt bornes dominicales qui succèdent à l'excursion cycliste. Viennent pour parachever l'entraînement les trente longueurs de bassin dans la piscine olympique de la résidence Poux de Maizieux sise dans la vallée de Chevreuse. Prélude aquatique à une douche glacée afin de raffermir les chairs et à un massage effectué dans les règles de l'art par un Gaétan qui a suivi une formation *ad hoc* dans un institut spécialisé suisse.

JPM est, en tout état de cause, un futur sexagénaire domicilié à l'intérieur d'un corps sain animé par un esprit équilibré, libéral et entrepreneurial.

Après s'être assis dans son fauteuil de direction, derrière un bureau luxueux de style arty, à l'image de tout le reste de la pièce meublée avec goût – c'est-à-dire pour le prix d'une bicoque sur la Côte d'Azur –, JPM consulte les notifications reçues sur son téléphone portable.

L'ameublement de cette pièce stratégique a été confié à une décoratrice d'intérieur dénichée par Sandrine Poux de Maizieux. Une copine la lui avait conseillée à l'occasion d'un repas entre amis au cours de vacances estivales en Corse – la famille (celle de Madame) y possède une villa du nom d'Hestia, la déesse grecque du foyer, dans le haut des collines d'Ajaccio. Sa copine Constance en était convaincue : « Tu verras, elle a d'excellentes idées et possède des doigts de fée. Sans compter qu'elle est au fait des dernières tendances. Ton mari sera comblé, promis juré ! » Il le fut, et même au-delà de ce qu'il aurait pu espérer. Mais de ces choses-là, on ne parle pas chez les de Maizieux. Sandrine a dû mettre un mouchoir dessus, sans pour autant être la dupe des qualités de la décoratrice qui a su user de ses *doigts de fée* à bon escient.

JPM chausse ses lunettes de vue demi-lune et lit sur l'écran de son smartphone le message que lui a adressé son épouse : **N'oublie pas, ce soir, dîner de gala au palais avec l'homoncule.** JPM esquisse un sourire. Sandrine a la dent dure sous ses airs de femme respectable, laborieuse et d'un catholicisme à l'épreuve des balles. *Homoncule*, elle frappe juste quand elle qualifie ainsi le locataire de l'Élysée, ancien commis de haut vol d'une célèbre banque d'affaires. Un placement à long terme que cet homoncule propulsé en politique comme un cheval de Troie, qui s'est avéré fort rentable à moyen terme pour la finance et la grande entreprise. D'ailleurs, dès l'accession au trône dudit homoncule, JPM a eu ses entrées *open bar* au palais. Sandrine, de son côté, a sans tarder sympathisé avec la Première potiche. Tout juste si les deux couples ne passent pas leurs vacances ensemble au fort de Brégançon. JPM refuse une telle éventualité, trop criarde et trop patente aux yeux des commentateurs. Une provocation qui ne faciliterait pas son rôle de patron des patrons. Difficile de nier que, depuis son élection à ce poste, JPM ne touche plus terre. Dans le milieu, on le surnomme *Hectorminator*. L'homme qui met à genoux les syndicats, expurge la chienlit ouvrière, envoie le petit peuple au turbin, chuchote à l'oreille de l'homoncule, l'invite à davantage de libéralisme et à moins d'État. En Raspoutine contemporain, JPM le pousse à pénétrer toujours plus avant dans la lessiveuse de la mondialisation. Une sodomie profonde des valeurs régaliennes de l'État que pratique l'homoncule sans se départir de son sourire rassembleur et de ses mensonges proférés avec l'assurance d'un vendeur de bagnoles d'occasion.

JPM est un référent. Un type qui a du pif. Un saigneur de l'entreprise, un expert managérial qui crée, achète, dissout, esclavagise et revend des sociétés en réalisant des bénéfices substantiels. Le patron des patrons est une bête de foire de la restructuration et du licenciement de masse, un ostrogoth de la génération des *baby-boomers* spécialisée dans le numérique, la téléphonie et le virtuel, un faiseur de pognon à la pelle. JPM possède néanmoins un cœur, comme tout un chacun. Dans ses rares moments de faiblesse, il se prend à s'imaginer une autre vie, différente, bohème et insouciante. Bonasserie qu'il accueille avec complaisance dans la spleenétique présomption d'une rêverie passagère et gratuite. Adolescent, ne se vouait-il pas à une carrière de sportif de haut niveau ? La pratique du rugby ne lui aurait pas déplu. La rude camaraderie des vestiaires et les troisièmes mi-temps arrosées auraient été une expérience réjouissante à vivre. Dès lors, pourquoi le nier ? Parfois, ses obligations professionnelles, ses devoirs de chef de meute, son agenda rassasié de rendez-vous, ses discours narcotiques, ses passages en *prime time* à la télévision, son nécessaire vedettariat, ses bons mots écrits par d'autres, son entregent à galantiser sans cesse et sa femme à supporter, pèsent sur ses épaules autant que sur sa conscience.

Comme à l'instant où il s'apprête à répondre à Sandrine qu'il n'a pas oublié. Ce soir, au palais, se déroulera le premier dîner de gala d'après-pandémie. Le tout-politique sera sur le pont. Sans compter les représentants syndicaux qui ne boudent jamais leur plaisir dès qu'il s'agit des ors de la République. Mais aussi des sportifs, des artistes, et une ribambelle de ministres qui vivotent au crochet de l'homoncule.

Dos à la Seine, courbé sur son bureau, le smartphone dans une main, JPM pianote un premier mot quand il lève la tête en entendant frapper à la porte, deux coups brefs et secs, reconnaissables entre tous.

– Entre Gaétan !

JPM s'adosse à son fauteuil qui bascule de 25 degrés vers l'arrière, mouvement tempéré par le système pneumatique de la machinerie, tandis que Gaétan s'exécute et entre.

– Bonjour Monsieur. Je viens pour vous rappeler votre rendez-vous dans une heure au siège de la Fédération française de water-polo.

Le jeune homme fait un pas en avant, se retrouve à l'intérieur mais ne referme pas la porte derrière lui. Il attend l'ordre.

– Ferme, s'il te plaît, et approche.

Gaétan obéit, s'approche de son patron, mais reste debout.

De la Barre est nanti de cette onctuosité qui plaît aux grands de ce monde. Ni trop geignarde ni trop pressante, juste ce qu'il faut pour que son interlocuteur comprenne que l'homme en face de lui est à son service. Il se pliera en quatre au moindre de ses caprices et, à l'occasion, s'occupera sans renâcler des basses œuvres. Gaétan Morizet de la Barre est d'autre part un mâle reproducteur que les femmes de son milieu reluquent en douce derrière leur mascara glutineux. Grand, blond, le regard vert turquoise, des lèvres en lames de couteau, et une manière de se mouvoir comme s'il nageait dans l'émeraude liquide d'un lagon îlien, qui est en soi une sulfureuse licence. Gaétan, à l'instar de nombre d'homosexuels, plaît à la gent féminine qui subodore chez lui l'absence de l'ombre d'un début de prédation, et ressent aussitôt l'obligation de relever le défi. En pure perte bien sûr. De la Barre est foncièrement un amateur de belles grosses bites, de préférence roturières, qu'il déniche certains soirs de liberté dans les quartiers mal famés de la capitale. Une chasse à l'homme qu'il pratique en cachette de JPM. Et plus encore de Sandrine Poux de Maizieux. Si elle apprenait son penchant pour le giton de basse extraction, la SPM serait sans aucun doute capable d'ordonner son renvoi.

– Bien sûr, Gaétan. À quelle heure déjà ?

– 9 heures, Monsieur.

JPM approuve d'un mouvement du menton, puis jette un œil morne à son téléphone dont l'écran vient de s'éteindre. Il le rempoche sur-le-champ après avoir décidé qu'il n'était pas nécessaire de répondre à sa femme. Il pose les deux mains à plat sur le sous-main de son bureau et lâche après un soupir agacé :

– Dites-moi un peu, Gaétan... Qu'est-ce qui m'a pris d'accepter de faire partie de ce foutu comité d'organisation pour le mondial de water-polo l'année prochaine à Paris ?

Le factotum ne s'attendait pas à cette question, ni à l'air contrit du patron des patrons. Est-ce un piège ? Une sorte d'examen ou un test ? Gaétan prend un temps de réflexion avant de répondre en marchant sur des œufs de lump. Il se hasarde enfin sous le regard curieux de JPM qui regrette déjà de s'être laissé aller devant son subordonné.

– Je crois, Monsieur, que le président de Pineapple France sera présent en qualité de futur sponsor...

Bonne pioche. Décidément, ce jeune homme est perspicace.

Pineapple France... Une alliance avec eux pour le rachat d'un groupe européen de communication est dans le collimateur de JPM. Trois ans déjà qu'il négocie en vain. Pineapple à ses côtés, il écrasera la concurrence et emportera le gros lot, même si le deal n'est pas simple, les Amerloques coupant les cheveux de la tractation en huit. D'en être, de ce comité, alors que le water-polo ne l'intéresse nullement – des types bonnetés de latex qui barbotent dans une baignoire en se passant la baballe dans le but d'en truffer une cage flottante devant laquelle un excité bat des bras dans l'espoir insensé de s'envoler, c'est proprement ridicule –, d'en être donc, lui permettra de sonder le président de Pineapple France. Il lui fera miroiter une décoration. Pourquoi pas la Légion d'honneur ? L'homoncule ne saurait la refuser pour la prochaine fournée si JPM la lui demande entre quat'z'yeux.

– Peut-être, Gaétan, peut-être... Mais que faites-vous des valeurs et de la beauté du sport ?

JPM ne veut pas donner l'impression d'avoir été percé à jour, et le jeune homme acquiesce d'un mouvement feutré de la tête. Avoir une entrée privilégiée dans la tribune VIP, accès aux vestiaires, aux douches, aux athlètes bardés d'une musculature de gladiateur...

– Ah oui, Monsieur ! La beauté du sport !

Gaétan est soudain exalté par les effluves de son imagination chlorée.

Les deux hommes se séparent en s'accordant sur l'heure du départ pour le siège de la FFWP.

CHAPITRE 1

JPM se retrouve seul dans son bureau après le départ de de la Barre. Il se lève et retourne derrière la baie vitrée pour à nouveau contempler la Seine. La circulation semble se fluidifier et le ciel se découvrir. Ce soir, au palais, il faudra toucher deux mots à l'homoncule au sujet de cette foutue Légion d'honneur à décerner en guise de douceur lénitive à un type dont le mérite ne dépasse pas celui de son titre de président de Pineapple France. Nouveau soupir dont l'haleine embue la vitre. JPM, de l'index, y dessine un doigt (de Légion) d'honneur, bien raide, qu'il efface aussitôt, pris en otage par un relent de conscience janséniste.

CHAPITRE 2

Le téléphone vibre sur la table de chevet et cesse après quelques secondes. Allongée dans son lit, recouverte jusqu'au menton par le drap et la couverture, Fleur Viam ne bronche pas. Il est 5 h 45. Les yeux grands ouverts, elle égraine en silence la liste de ce qu'elle fera avant de quitter l'appartement. Seules ses lèvres remuent et forment des mots muets que l'obscurité boit un par un. Les listes, Viam les pratique depuis tant d'années qu'elle ne saurait pas dire quand elle a commencé. Déjà peut-être dans le ventre de sa mère, s'amuse-t-elle parfois à imaginer. Elles sont rassurantes, ne trompent pas. Les listes sont des repères fiables sur lesquelles se bâtir et s'entourer de remparts.

Dix minutes plus tard, Viam pèse sur une balance alimentaire électronique l'unique tranche de pain de mie qu'elle mange au petit-déjeuner. Au gramme près. Même opération avec le beurre et la confiture de fraise, avant de les étaler sur le pain à l'aide d'un couteau qu'elle range après utilisation dans le lave-vaisselle. L'eau, au préalable mise à chauffer dans une bouilloire électrique, est à bonne température : 85 degrés. Dans un mug blanc en porcelaine anglaise, Viam dépose un sachet de thé Darjeeling, puis verse à trait continu un filet d'eau chaude. Enfin, elle déclenche le compte à rebours de son smartphone posé au centre de la table de cuisine. Pas un instant elle ne le quitte des yeux. Quatre minutes s'écoulent, Viam ferme l'application et retire du mug le sachet de thé pour le réserver dans un pot de yaourt vide. Elle l'utilisera demain matin et après-demain encore. Assise, elle mord dans la tartine et mâche chaque bouchée avec application. Viam ne pense à rien, elle se contente de fixer un point théorique droit devant elle. Quand elle a terminé, elle se lève, débarrasse la table et va s'acquitter de sa toilette. Un rituel immuable, et si pathologiquement exercé où Viam joue l'économie en caricaturant une existence ordinaire. Elle ne peut s'en passer au risque d'être pulvérisée par ce quotidien même qui l'entretient dans l'illusion de dominer sa vie. Et donc : lavage des dents, douche rapide, séchage en commençant par les pieds, pas de maquillage.

Viam note dans un calepin conservé dans l'armoire à pharmacie une réflexion qui lui traverse l'esprit avant de retourner dans sa chambre et de s'habiller. Des calepins, elle en a disséminé dans toutes les pièces. Ils sont sa mémoire, bien qu'elle ne se relise jamais. Une fois vêtue, elle jette un dernier coup d'œil dans la psyché près de la commode, s'examine en étrangère et sort de la chambre. Dans l'entrée, elle enfile des baskets, une veste en cuir souple et quitte l'appartement en fermant à clé derrière elle. Elle compte dix pas, se retourne pour vérifier que le paillasson sur le seuil de sa porte est bien d'équerre.

Il l'est.

Viam est pétrie de tocs. Elle a appris à s'arranger de ses troubles dits du spectre autistique. Ils font partie de sa vie. Sans eux, elle se sentirait démunie, perdue dans un monde qu'elle contrôle grâce à son mental et à sa faculté d'élaborer des stratégies d'évitement. Viam est Asperger. *Un désordre du développement d'origine neurobiologique qui affecte la manière dont les personnes communiquent et interagissent avec les autres*, selon le site asperger.autisme.ch qu'elle consulte plusieurs fois par an. Une définition simple, à la portée de tous, pour un syndrome multiforme qui touche plus souvent les garçons que les filles.

Le dysfonctionnement qui contrarie l'équilibre intérieur de Viam est plutôt léger en comparaison à ce qu'on observe chez certains. Son QI a été mesuré à hauteur de 139. Considérable et envahissant. Ses parents, décédés dans un accident de la route alors qu'elle avait 19 ans, étaient les seuls à connaître l'origine de sa maniaquerie et de ses difficultés relationnelles. Viam ne tient pas à ce qu'on sache, et elle dissimule son état derrière un paravent d'*habitus* qu'à la longue elle a perfectionnés. Qu'importent les mensonges et les petites lâchetés journalières puisqu'elle n'est pas responsable de son caractère et n'a pas la prétention d'être meilleure qu'une autre.

À 31 ans (et 4 mois pour être précis), la commissaire Viam part à 7 heures tapantes rejoindre son bureau au ministère de l'Intérieur. Elle ne prend pas l'ascenseur, descend les escaliers en décomptant chaque marche avant de franchir le sas d'entrée de l'immeuble. Matin crachineux et grisâtre, rues glissantes, elle ira à pied. Une distance de trois kilomètres quatre cents la sépare du ministère, 11 place Beauvau dans le 8e arrondissement de Paris. Quand il ne pleut pas, la commissaire va jusqu'à la station Vélib la plus proche de son domicile et emprunte un vélo. Viam n'a pas le permis de conduire. Ses parents le lui ont pourtant payé. Si elle a passé haut la main le code, pratiqué la conduite accompagnée, souffert une vingtaine de leçons dans une auto-école sans jamais adresser la parole à la monitrice, ou si peu, le jour de l'examen pratique, Viam a fait faux bond. Elle s'en est expliquée à ses parents en deux phrases concises : « Je voulais vous faire plaisir parce que vous y teniez. Je ne vois pas l'intérêt de conduire une voiture. » Il n'en fut jamais plus question, incapable qu'elle était, et aujourd'hui encore, de se rendre esclave d'une imitation hors des limites qu'elle s'imposait. Une décision qui était devenue irrévocable après l'accident de la circulation de ses parents.

Viam a passé le bac à l'âge de 16 ans et obtenu la mention très bien, et dans la foulée une licence et un master de droit public. À 21 ans, elle a dû choisir une voie professionnelle, un métier, la comédie humaine : un défi pour elle. Toutes ses études avaient été entreprises à domicile. Bien qu'inscrite à la fac, elle n'y avait mis les pieds que de rares fois, pour des TD et les examens. Un supplice pour cette jeune femme asociale qui ne parvient pas à lire *l'autre*, le visage de son prochain restant une énigme pour elle. Avant d'entrer dans la police, il lui fallait déjà prendre sur elle, se morigéner, se faire violence pour parvenir à aborder ses contemporains. Aujourd'hui, Viam fait appel à l'expérience accumulée au fil des ans pour paraître à peu près normale. *Normale* dans le sens que donne le commun des mortels à ce terme, quand l'anormalité pour Viam est justement cet *autre*. D'ailleurs, rien de moins vivant à ses yeux que les gens qu'on prétend normaux.

La future commissaire est sortie major de sa promotion après un concours externe qu'elle a bossé dans le petit studio acquis grâce à une bonne partie de l'héritage perçu à la mort de ses parents. Pourquoi le concours de commissaire de police ? Viam n'avait pourtant aucune des qualités innées pour cette profession. Elle redoutait les contacts, ne pensait pas être en mesure de travailler en équipe et n'imaginait pas un instant avoir des collègues. Elle ne se voyait pas davantage entrer dans ce qu'on appelle *la vie active*. Peut-être aurait-elle dû tenter un doctorat en droit, mais pour en faire quoi ? En désespoir de cause, elle avait surfé au hasard sur Internet dans le but d'y puiser une inspiration quelconque. Elle était tombée sur le site de la Police nationale et avait cliqué sur l'onglet : *Concours externe de commissaire de police.* Elle y était revenue les jours suivants, épluchant page après page comme on gratte une croûte qui vous démange. Pure folie, même si elle remplissait les conditions d'accès : âge maximum 35 ans et en possession d'un bac +5. Viam ne doutait pas de réussir le concours. Avait-elle jamais échoué ? Si l'excitation qu'elle ressentait la surprenait et l'inquiétait à la fois, elle se rassurait en se disant qu'une fois le concours en poche, elle passerait à autre chose, le jeu perdant ses chandelles. Jamais elle ne serait commissaire.

Contre toute attente, Viam persévéra dans ce qui n'était autre qu'une mise à l'épreuve ayant pour objet de transcender sa condition et de se prouver à elle-même qu'elle pouvait être *normale.*

La visite médicale obligatoire qui allait déterminer son aptitude physique à un emploi au sein de la Police nationale fut une épreuve stressante. Le toubib était un homme d'une cinquantaine d'années. Une grande bringue osseuse au nez azotique sur lequel s'enchâssait une paire de lunettes aux verres épais, un myope puissance dix. Viam ne supportait pas, et ne supporte toujours pas, de se faire tripoter et examiner par qui que ce soit. Un homme de surcroît. Aussi étonnant que cela puisse paraître, la future commissaire était, et est encore aujourd'hui, vierge. Tout contact physique poussé, et il va sans dire amoureux, la dégoûte. Pas même un baiser. Rien. La sexualité est pour Viam une anecdote du désir, si tant est qu'elle puisse un jour en éprouver. Serrer une main est un supplice auquel elle cède à contrecœur. Inutile de parler de faire la bise.

Viam avait réussi à surmonter son handicap face au médecin. Elle s'était arrachée d'un présent douloureux en claquemurant son être en danger à l'intérieur de son cerveau. Le seul espace où elle se sentait en sécurité. Cette fois-là, elle se récita mentalement des extraits d'un livre de Jean-Louis Basdevant, *Les mathématiques de la physique quantique*. Ce texte érudit l'avait passionné des années plus tôt et elle en avait mémorisé des passages entiers. La difficulté pour la commissaire n'a jamais été de retenir mais d'oublier. Sa faculté disproportionnée à apprendre et à emmagasiner est davantage une gêne qu'une aubaine. Au final, Viam fut jugée apte par le médecin qui ne s'aperçut en rien de ses problèmes psychologiques. La future commissaire répondit à ses questions sans l'ombre d'une hésitation, entre une formule muette de physique quantique [$m = m_0/(1 - v^2/c^2)^{1/2}$] et le rappel de l'équation de la relativité générale [$\acute{R}^2/R^2 - k/R^2 = (8\pi G\rho)/3 + \lambda/3$], qu'elle se retint de réciter à haute voix, ce qui eût fait une mauvaise impression. Une fois encore, ses stratégies d'évitement firent florès. Viam correspondait en tout point aux coefficients minimums requis par le profil SIGYCOP (S : ceinture scapulaire et membres supérieurs ; I : ceinture pelvienne et membres inférieurs ; G : état général ; Y : yeux et vision ; C : sens chromatique ; O : oreilles et auditions ; P : psychisme). Un tampon apposé par le praticien sur un feuillet idoine en fit foi.

La véritable difficulté se révéla être l'examen final face à un jury devant lequel Viam dut répondre à des questions d'ordre général à partir d'un thème d'actualité tiré au sort. La future commissaire se prépara psychologiquement avant de s'y rendre. Le risque était qu'elle fît demi-tour avant d'entrer dans la salle d'examen. Devant une brochette de quatre hommes assis derrière une table austère, elle fixa son attention sur un seul d'entre eux, prenant pour cible un grain de beauté ancré dans sa narine gauche et d'où dépassait un long poil noir. Cet amarrage visuel lui permit de rester concentrée et de ne pas donner prise à la panique. Viam fut remarquable de sang-froid, de self-control et de lucidité, victorieuse d'une lutte interne pour ne pas céder à sa pente naturelle et rester à couvert dans le bunker de sa personnalité verrouillée à double tour. Elle impressionna le jury, joua sans se démonter un rôle, se cacha derrière une normalité donnée en pâture à ces messieurs et fut récompensée par une note astronomique.

Le concours obtenu, il ne lui restait plus qu'à démissionner et à entreprendre de nouvelles études. Le reliquat du pécule laissé par ses parents lui donnait le temps de voir venir. Viam ne roulait pas sur l'or mais avait peu de besoins. Elle calcula qu'elle pourrait tenir une paire d'années sans travailler, dans son studio, à vivre quasi cloîtrée et à remplir son existence avec du vide, comme on le fait pour un pneu, échappant ainsi à la malédiction d'avoir été étiquetée Asperger par une destinée facétieuse. Apprendre des langues étrangères la tentait : cela pouvait se faire chez soi, seule devant son ordinateur. Viam parlait déjà, outre l'anglais et l'allemand, le japonais et le coréen, des langues apprises par plaisir en quelques mois en parallèle de ses études de droit. Traductrice, pourquoi pas ? Un métier que l'on pratiquait à domicile en télétravail. L'affaire était presque conclue, quand elle reçut une lettre recommandée, sa convocation pour intégrer l'École supérieure de la Police nationale à Saint-Cyr-au-Mont-d'Or. Il était question de vingt-deux mois de formation rémunérée avant d'obtenir sa première affectation et de s'engager pour un minimum de sept années. La future commissaire Viam ne se projetait pas à aussi long terme. Elle vivait dans l'instant, à l'abri de ses listes, de ses tocs, de sa capacité à se couper du monde et de la parole. Il lui fallut une semaine pour enfin se décider.

Enfermée dans son studio, enchaînant les tâches répétitives et rassurantes, Viam ressassa les termes de ladite convocation. En principe, il lui aurait suffi de ne pas se rendre à Saint-Cyr-au-Mont-d'Or. Inutile même d'envoyer une lettre de démission, pour démissionner de quoi au juste ? Le sixième jour, elle se décida : elle n'irait pas. Le septième, Viam boucla sa valise et prit le train pour l'École de police. Elle ignorait les raisons de ce revirement, mais il lui apparut dans l'instant comme une évidence. Une extravagance qui, en quelque sorte et de façon inexplicable, la consolait de ses hésitations.

Après avoir franchi à grandes enjambées la distance qui la sépare du ministère de l'Intérieur, la commissaire compose un code sur un boîtier électronique. Viam pénètre dans les locaux par une porte latérale réservée au personnel habilité. Elle longe un couloir sinistre à l'éclairage déficient, grimpe deux étages et se retrouve dans son bureau, une pièce fonctionnelle de quinze mètres carrés. Chaque objet y a sa place qui, une fois déterminée, ne change plus. Viam retire son blouson, le pend à un portemanteau, vérifie d'un regard que les stores sont bien tirés aux trois quarts et ne laissent pas filtrer la lumière plus que nécessaire. Elle n'a pas le temps d'enlever ses chaussures, comme elle en a l'habitude avant de s'asseoir à son poste de travail, que la porte de son bureau s'ouvre à la volée. La tête du directeur de cabinet du ministre, Jean-Michel Nedde, s'inscrit en positif dans son champ de vision.

« Faut que je vous voie ! »

Et sans plus de préliminaires :

« Ah ! Et réunion à 14 heures tapantes. »

L'homme disparaît aussi vite qu'il est apparu. En apnée, la commissaire met un certain temps avant de réagir. « Putain de connard... » grince-t-elle entre ses dents.

CHAPITRE 2

Les relations entre Nedde et Viam ne sont pas du meilleur tonneau. La faute en incombe au dir.-de-cab. Viam n'avait pas pris ses fonctions depuis une semaine que déjà il lui faisait des propositions pour le moins lourdingues. L'énergumène avait la réputation d'être un queutard de première catégorie, tirant à couilles rabattues sur tout ce qui se trouvait à sa portée. La commissaire fraîchement nommée n'en savait alors rien et l'apprit à ses dépens. Un matin, à l'intersection de deux couloirs, Nedde se permit un geste déplacé. La commissaire n'eut pas le réflexe de le remettre à sa place, bien trop effarée pour réagir. En revanche, elle accéléra l'allure dans l'intention de mettre de la distance entre elle et le dir.-de-cab. qui avait osé tâter d'une main baladeuse son cul.

Son cul, bordel !

Quelques années plus tôt, Viam avait accompli les vingt-deux mois de formation à Saint-Cyr-au-Mont-d'Or sans trop de difficultés, passant par différents stades psychologiques qui allaient de l'abattement à la tentation de fuir ou de l'exaltation nerveuse à un mutisme impénétrable. Elle en réchappa sans que personne ne se fût douté de son trouble autistique et de son mal-être permanent. Ses condisciples l'avaient jugée froide, voire sauvage par certains côtés abrupts de sa personnalité, mais sans chercher au-delà des apparences. Considérant son passage à l'École de police comme un *challenge* – bien qu'elle détestât ce vocable fourre-tout qui traduisait une époque misérabiliste –, la commissaire en formation parvint à maintenir un minimum de rapports avec ses collègues et survécut à l'épreuve.

Les cinq années suivantes furent plus pénibles, détestables selon elle, à devoir fréquenter trop de monde, parler à trop de gens et à jouer la comédie sans cesse dans l'intention de paraître encore et toujours *normale*. Socialement nulle, Viam se força à vivre au présent et sans autre ambition que celle d'être où elle se trouvait, mais aussi sans parvenir à se départir de l'impression déplaisante d'être en transit. Adjointe d'un commissaire divisionnaire débonnaire et bienveillant, elle s'acquitta sous sa houlette et de son mieux de ses obligations, malgré l'avis général de ses collègues qui la trouvaient aimable comme une porte de prison. « Une mal baisée », s'était permis d'avancer l'un d'eux, sans savoir qu'en réalité, elle ne l'était pas du tout. Jusqu'au jour où un nouveau poste fut créé au ministère de l'Intérieur. Les appréciations flatteuses de sa hiérarchie – mais surtout le fait qu'on avait remarqué que la commissaire n'excellait guère dans les échanges humains, pouvait être cassante au-delà du concevable et que le travail en équipe n'était pas son fort – lui permirent de postuler et de décrocher le job. Peu de clients d'ailleurs l'avaient brigué. Pour la plupart des tire-au-flanc ou des fins de carrière qui voyaient dans cette possible nomination un moyen de se caser bien au chaud en attendant peinard la retraite.

Pour en revenir à cette histoire de cul, le sien, que Nedde avait eu le malheur de palper en loucedé dans un couloir, Viam, de retour dans son bureau, blanche comme un cachet d'aspirine, avait pris dans le coffre où elle le rangeait son SIG-Sauer SP 2022 de service. Un pistolet semi-automatique qu'elle ne portait jamais sur elle, n'en ayant ni l'usage ni le goût. À l'exemple des grands timides qui surréagissent quand la moutarde leur monte au nez, Viam se rendit dans la foulée dans le bureau du dir.-de-cab., passa devant la secrétaire d'icelui sans lui accorder l'aumône d'une explication, entra sans frapper, ou plutôt en boxant la porte, et trouva Nedde sirotant un expresso, assis à son aise dans un des fauteuils de son espace de travail, près d'une table basse dorée à l'or fin extraites des réserves du Mobilier national.

CHAPITRE 2

– Oui ?

Nedde, surpris et interloqué par l'intrusion intempestive de la commissaire n'avait pas trouvé meilleure répartie. Viam s'approcha sans un mot du tâteur de fessier et vissa son pistolet sur sa tempe. La stupéfaction se lut sur le visage grimaçant du dir.-de-cab., qui laissa échapper un pet incongru dans cet espace feutré plus habitué aux bonnes manières qu'aux menaces armées et aux flatulences sonores.

– Si vous osez me toucher encore une fois… je vous tue.

Viam avait parlé posément, sans hausser le ton, ce qui était d'autant plus terrifiant. Pour donner davantage de poids à sa prédiction, elle déverrouilla le cran de sûreté de l'arme, avant de la repositionner quelques infinies secondes plus tard. Nedde déglutit une salive amère qu'une glotte anxieuse pistonna à répétition. La commissaire fit volte-face sans lui laisser le temps de recouvrer ses esprits. Elle tenait encore son SIG-Sauer dans sa main droite quand elle passa à nouveau devant la secrétaire qui, bouche bée, émit un gargouillis discret.

De retour dans son bureau, la commissaire prépara ses petites affaires, ne doutant pas un instant qu'elle allait être éjectée avec perte et fracas du ministère. Conseil de discipline et tout le toutim l'attendaient à coup sûr. Elle patienta sans état d'âme qu'on vînt lui signifier son renvoi. Un quart d'heure plus tard, un huissier frappa à sa porte.

« Entrez ! »

L'homme la salua d'une courbette calibrée. Il lui remit cérémonieusement un pli non cacheté, une simple feuille pliée en deux. La commissaire en fut presque soulagée. Bientôt dix ans qu'elle travaillait au sein de la Police nationale à faire exprès d'étouffer ce qui la gênait, le pourquoi de son perpétuel non-choix. Une éternité en somme. À bien y réfléchir, Viam ne savait pas comment elle avait pu tenir aussi longtemps. Elle était sur le point d'être nommée divisionnaire (pas mal pour une trentenaire), mais s'en foutait et se délectait maintenant des jours et des semaines qu'elle passerait seule dans son appartement à recréer un monde clos, sans autres contraintes que celles auxquelles elle s'enchaînerait. Il n'y avait pas l'ombre d'un regret dans sa détermination. Elle était entrée dans la fonction sans trop savoir pourquoi et en sortait aujourd'hui en le sachant. Belle évolution.

« Vous pouvez disposer, il n'y aura pas de réponse. »

Remercié, l'huissier s'éclipsa à pas feutrés comme seuls les appariteurs des ministères ont le don. Viam déplia la feuille, s'attendant à lire la conclusion logique de son coup d'éclat contre Nedde. « Ça ne se reproduira plus, J-M. N. » Cinq mots, des initiales. L'espace d'un court instant, la commissaire vint à regretter de si plates excuses. Le directeur de cabinet la décevait doublement. Et d'un, d'avoir eu l'audace obscène de son geste. Et de deux, de ne pas avoir le cran de la renvoyer par peur d'un scandale. Viam froissa la feuille et la jeta dans la corbeille à papiers, puis s'activa à remettre ses affaires à leur place avant de retirer ses chaussures et de reprendre son travail comme si de rien n'était.

CHAPITRE 3

Gaétan Morizet de la Barre sort de l'ascenseur. Il l'a conduit jusqu'au deuxième sous-sol du parking de l'immeuble au sein duquel la Fédération française de water-polo a son siège. Le jeune homme va rejoindre son patron, Jeffrey Poux de Maizieux. Ce dernier l'attend dans la voiture. La réunion organisée par la FFWP s'est achevée quelques minutes plus tôt.

Gaétan longe une rangée de véhicules stationnés en épis, bifurque sur la droite et s'approche de la Mercedes-Maybach Classe S de fonction de son patron. Le jeune homme savoure le plaisir de conduire ce luxueux modèle haut de gamme. Il ne se considère pas comme le chauffeur de son maître, mais comme un privilégié à qui on a confié le soin de piloter un petit bijou de mécanique. Dans une main, il enserre le dossier contenant des notes prises par Poux de Maizieux. Pour l'essentiel, elles concernent le projet en gestation d'une entente bipartite avec le président de Pineapple France en vue de réaliser une OPA sur un groupe européen de communication.

Arrivé à proximité de la Mercedes, Gaétan s'étonne de voir la portière arrière droite de la berline entrouverte. Une jambe de son patron dépasse. Le pied est bizarrement en suspension à trois ou quatre centimètres du sol en béton peint. Le bas du pantalon est remonté au-dessus du mollet. Il laisse apparaître une chaussette rose en fil d'Écosse maintenue par la jarretelle d'un fixe-chaussette. Une vision embarrassante dont Gaétan aurait préféré ne jamais être le témoin.

Il ne le sait pas encore, mais ce ne sont que les prémices d'un cauchemar éveillé.

De la Barre est à moins de deux mètres de la Mercedes. Il stoppe net, comme s'il percutait de plein fouet un mur invisible. Les yeux exorbités, il laisse échapper le dossier qu'il tenait et qui tombe par terre. Gaétan se plie en deux et vomit sur ses Clarks Derbys en cuir noir dans un hoquet grasseyant et obscène.

CHAPITRE 4

L'immeuble est bouclé. Un bataillon de fonctionnaires en uniforme ou en civil s'occupe de prendre les identités de ses occupants. Personne n'entre ni ne sort jusqu'à nouvel ordre.

Olivier Lacelle presse le bouton du deuxième sous-sol. Les portes se referment sur lui. L'ascenseur vrombit et se met en branle. Le commandant en profite pour s'observer en détail dans le miroir qui lui fait face. D'abord, il remarque que l'un des angles est moucheté de taches de tain. Puis ce qu'il voit, son reflet éclairé par le haut, ne l'enthousiasme guère. Sale gueule. Teint cireux. Mal rasé. Col de chemise avachi. Depuis que Nathalie, sa femme, en éclaireuse, a pris ses quartiers à Eymoutiers en Haute-Vienne, le rasage devient trop souvent bâclé. Encore heureux qu'il y ait un pressing près de leur appartement parisien, sinon il se baladerait à longueur de journée dans des vêtements froissés et tachés. Lacelle examine de plus près son image, celle d'un homme dégradé et responsable de sa déliquescence, expatrié de lui-même mais encore victime d'affreux restes. Il n'a plus que neuf mois à tirer et l'heure de la retraite aura enfin sonné. Il rejoindra alors Nathalie dans la cité pelaude.

L'année précédente, ils ont acquis une maison sur les hauts d'Eymoutiers pour une bouchée de pain en comparaison des prix de l'immobilier pratiqués à Paris. Ils y jouissent d'une vue plongeante sur la collégiale Saint-Étienne et sur son clocher du XIe siècle. La Vienne roucoule en contrebas, de leur balcon du premier étage ils en aperçoivent un coude en bordure du parc du Pré-Lanaud et de ses Grands Hommes-Arbres de Christian Lapie, sculptés et noircis par l'artiste dans un chêne centenaire. Le terrain autour de la maison est vaste. Il permet d'envisager un potager pour monsieur et des parterres fleuris pour madame. Farniente et jardinage, une vie tranquille après quarante ans passés dans la police, dont vingt à la Crim', est précisément ce à quoi aspire Lacelle. La fréquentation assidue des hommes et de leurs dérèglements a rendu son besoin de solitude aussi nécessaire que de respirer ou de manger. Et puis, il y a la Crim' qui n'est plus *sa* Crim'. Depuis le déménagement rue Bastion, et même si le numéro n'a pas changé, le 36, la Maison n'est plus que l'ombre de ce qu'elle fut. Elle a perdu son âme au profit de l'efficacité, du pragmatisme et de la technologie. De grands espaces modernes, des bureaux impersonnels et une odeur de neuf qui vous agresse les narines aussi sûrement qu'une exhalaison de Javel. Lacelle regrette le temps des grands flics du 36 quai des Orfèvres, les Ottavioli, Broussard et autre Cancès. Les ordinateurs ont supplanté l'intuition, le flair, l'expérience et les compétences transmises d'homme à homme au cours des décennies précédentes. L'humain est aujourd'hui au service de la machine. Les geeks ont pris le pouvoir. Ils font la pluie et le beau temps. Les *jeunes* le traitent de passéiste, quand Lacelle a toujours agi en réaction contre ce qui lui paraît mensonger, malhonnête et criminel. S'il admet être un réactionnaire, c'est uniquement dans ce sens. Mais allez donc le faire comprendre à des gamins formatés par une société shootée à l'Internet et à l'univers scientiste et télévisuel des *Experts*. Sans oublier la hiérarchie aux ordres des politiques, le petit doigt sur la couture du pantalon.

Non, décidément, Lacelle se sent étranger à ce nouveau monde. Il est d'une espèce en voie de disparition, un dinosaure survivant d'un passé devenu une image d'Épinal. Il faut, paraît-il, être de son temps. Lui n'en est pas, ou en tout cas n'en est plus. L'âge est une tare qui vous colle aux basques et il est temps qu'il passe la main. Il n'a de toute façon plus envie de plaire à cette société qui s'effondre sous ses yeux. La rage au sourire, il ressent de la paresse pour cette vie sinistrement moderniste qui l'entoure. Le commandant n'a plus la niaque. La volonté d'en être s'est volatilisée en même temps que les années. Lacelle est le dernier des Mohicans, quand tous les Indiens sont dans des réserves, déjà à la retraite ou, pire, au cimetière à tenir compagnie aux asticots.

« Premier sous-sol. »

La voix féminine et virtuelle résonne dans la cabine d'ascenseur.

« Bon sang que cet ascenseur est lent ! »

Dans ces situations, le commandant n'a jamais été d'une patience infinie. Bien au contraire : avec l'âge, sa capacité à attendre est devenue inversement proportionnelle à son nombre d'années.

Ce matin, Lacelle a reçu un coup de fil du commissaire général Bugeat :

« On a un problème... »

Un type pas commode, le commissaire général, et la plupart du temps cassant. La cinquantaine, il est réputé être un carriériste pur sucre. Un supérieur qui n'hésite pas à vous saquer si ça peut servir ses intérêts. Une bête de travail aussi, mais d'un travail parasitaire et forcené. Un homme de défi dont il est prudent de se méfier. Le commandant ayant fait valoir ses droits à la retraite, le commissaire général le traite parfois par-dessus la jambe. Surtout, Lacelle est un vieux de la vieille au 36, et pourrait lui en faire baver des ronds de chapeau. Alors le Bugeat garde ses distances.

« Venez dans mon bureau, il y a une urgence. Du sensible... »

La voix de son supérieur hiérarchique avait perdu de son assurance. Lacelle pressentait des embrouilles. Pour ne rien arranger, depuis une semaine, une douleur latérale l'inquiétait.

Hypocondriaque chronique, le commandant entretient un genre de folie organisée qui bouche les trous et tente de combler les craquèlements de l'angoisse de la maladie. Il recule le moment où il devra prendre rendez-vous chez un toubib pour savoir ce qu'il sait déjà, que seule une mort naturelle règle tout. Et ce serait quand même le pompon de se choper une saloperie à neuf mois de la quille... Il a vu la mort, souvent violente, de trop près pour se croire concerné. Lacelle devrait en être immunisé en raison de son métier. Il en a discuté au téléphone avec Nathalie. Comme toujours, elle a minimisé : « Tu te fais du souci pour rien, Olivier. Arrête les apéritifs le soir devant la télé. Repose ton foie, mange sainement et tu iras mieux, crois-moi. » Et pourquoi pas le traiter d'alcoolique pendant qu'elle y était ! Le commandant avait raccroché dans un état de nerf avancé. Parviendraient-ils à se supporter vingt-quatre heures sur vingt-quatre à Eymoutiers ? Nathalie n'a jamais bossé. Femme au foyer, elle s'occupe de leur intérieur. Une épouse à l'ancienne si l'on veut, d'une autre génération. Le couple n'a pas eu d'enfant. Ce n'est pas faute d'avoir essayé, mais Madame est stérile. Lui n'en veut pas vraiment, de mioches. Certes, il ne déteste pas les gosses, mais préfère ceux des autres. Les siens lui auraient tapé sur le système.

CHAPITRE 4

Dans l'ascenseur, Lacelle se mire dans la glace. Il tâte son flanc droit, le presse, le palpe, enfonce l'index… rien, la douleur a disparu. En général, elle revient le soir, quand il est seul devant la télévision à regarder un programme quelconque avant de s'endormir dans le canapé et de se réveiller en sursaut, la bouche pâteuse et l'esprit boueux, sans autre appareil que sa vieille peau pour l'accompagner jusqu'à son lit. Le week-end prochain, il rejoindra Nathalie à Eymoutiers. Il y restera jusqu'au lundi. Il en profitera pour voir un docteur, un du coin. Il en fera son médecin traitant, du moins se l'est-il promis.

« Deuxième sous-sol, ouverture des portes. »

Même voix ordinale, l'ascenseur couine avant de s'immobiliser. Lacelle sort et cligne des yeux. À quelques dizaines de mètres de l'endroit où il se trouve, plusieurs projecteurs montés sur trépied éclaboussent le parking d'une lumière crue. Le commandant vide ses poumons, une longue expiration avant de se jeter dans l'arène. Les portes se referment dans son dos.

Des pompiers sont présents, dans l'attente, désœuvrés. Une ambulance n'a pas éteint son gyrophare, deux ambulanciers sont à l'intérieur, la vitre du passager est ouverte ; entre les doigts d'une main, une cigarette allumée, le bout incandescent. La fumée s'enroule en volutes et se dissipe en montant vers le plafond.

Lacelle se dirige vers l'éclaboussure de lumière. Didier Augne, son second, lui fait un signe et le hèle.

– Commandant !

Ils sont six dans son groupe. Lacelle est le numéro 1, Augne le 2, ainsi de suite jusqu'à 6, le dernier arrivé, en l'occurrence une femme, Florence. Le capitaine Augne est trop grand, trop maigre, trop anguleux, une mante religieuse : des yeux globuleux, des pattes… des bras à rallonge et une mâchoire prognathe. Augne donne généralement l'impression d'un courant d'air annonçant une tempête.

– Ah, Commandant, vous êtes là ! On vous a briefé ?

« Le bonjour, c'est pour les cochons ? » Lacelle se retient au dernier moment de faire la réflexion. Ils ne sont pas là pour échanger des mamours.

– En gros, on a quoi ?

– C'est pas beau à voir. Pas commun, en fait. Le gars, c'est une huile. Vous savez, qui...

Lacelle écoute d'une oreille distraite le capitaine *biographer* le mort.

Bien sûr qu'il sait...

Le commissaire général Bugeat avait reçu un appel de la stratosphère, puis un autre et encore un autre. En entrant dans son bureau, Lacelle avait trouvé un type agité, faisant son maximum dès ses premiers mots pour donner le change et paraître serein.

– Le patron des patrons...

– Et ?

Le commissaire s'était levé, avait fait quatre pas pour contourner son bureau. Il lui avait parlé sur le ton de la confidence, comme si des oreilles indiscrètes pouvaient surprendre leur conversation. Augne était déjà sur place. Branle-bas de combat. Tout le secteur bouclé. Lacelle devait s'y rendre immédiatement. Directeur d'enquête. Il le tiendrait informé minute par minute. Bugeat remonterait l'information à qui de droit.

– En attendant, pas de vagues. Le bureau du ministre de l'Intérieur s'occupe de la veuve. Elle n'est pas encore au parfum et c'est mieux pour l'instant. Vous, Lacelle, vous tenez la presse éloignée. Là-haut (yeux au plafond pour appuyer ses dires), on ne veut pas que ça s'ébruite, du moins dans les prochaines heures, le temps de se préparer à l'onde de choc. On pense à un acte terroriste...

– C'est toujours plus simple.

– Pardon ?

Bugeat avait très bien entendu.

– Rien.

Lacelle avait à son tour levé les yeux au plafond. Moqueurs, les siens. Il avait quitté le bureau après les quelques recommandations d'usage dès qu'il s'agissait d'un VIP, d'un type qui comptait dans le microcosme des décideurs et des célébrités françaises. Avant de quitter le Bastion, Lacelle avait embarqué son arme de service, enfilé une veste, puis s'était rendu sur place.

« La Scientifique est là. »

D'un coup de menton, Augne désigne des hommes en tenue d'astronaute qui œuvrent sous les feux des projecteurs, relèvent les indices et font des prélèvements. D'où il est, Lacelle aperçoit une jambe de la victime, une portière ouverte et, bien sûr, la voiture, une Mercedes, un modèle luxueux.

Nathalie et son mari ont récemment acheté une Renault Kangoo. Lacelle y mettra ses outils de jardinier. Outre son propre potager, il a repéré sur le bord de la Vienne, à la sortie d'Eymoutiers, sur la route de Peyrat-le-Château, l'existence d'un jardin partagé. Avec sa femme, ils y ont fait un tour. Ils ont rencontré un type sympa, le ventre distendu du buveur de bière, des ongles en demi-deuil, un pif volumineux et des cheveux hirsutes. D'emblée, l'homme les a tutoyés. En quelques mots, il leur a expliqué le topo.

Lacelle apprécie la facilité avec laquelle on noue le contact sur le plateau des Millevaches. On devine une histoire séculaire, un esprit de résilience et une humanité qui, depuis belle lurette, a déserté la capitale et les grands centres urbains. Le commandant s'y est trouvé à son aise. Des relents de son enfance à la campagne dans la Drôme, où il a vécu avec ses parents avant de faire des études supérieures à Paris pour ne plus en repartir, le submergent à chaque fois qu'il se rend dans la cité pelaude.

— Qui a prévenu les secours ?

— Le type, là-bas... Celui qui est assis par terre et adossé au pilier.

Lacelle le détaille. Pas frais le gars : les pompes maculées de vomi, la tête plongée entre les bras, les genoux repliés sur la poitrine en position fœtale.

— Il a fait une déposition ?

— Oui, je m'en suis occupé.

Augne extirpe un carnet de notes d'une des poches de sa veste.

— Lui et son patron revenaient du siège de la Fédération de water-polo après une réunion au sujet du futur mondial à Paris. Jeffrey Poux de Maizieux avait oublié un dossier, il lui a demandé d'aller le chercher. Voilà en gros ce qu'il prétend. Ah et oui, le type s'appelle Gaétan Morizet de la Barre.

Lacelle siffle entre ses dents, faussement impressionné.

— Ouais, un nom à coucher dehors... Je te le concède.

Augne revient à ses notes.

— Quand il est revenu, il l'a trouvé dans la voiture tel qu'il est encore.

Le capitaine indique une berline Mercedes.

— Ça l'a secoué, le de la Barre, et salement. Il a d'abord gerbé avant de composer le 17, puis le 18. Ensuite il s'est assis, là-bas, en état de choc.

Lacelle hoche la tête.

— Et c'est quoi sa fonction à ce type ?

– Homme à tout faire. Une sorte de bras droit si j'ai bien compris.

– Bon, tu vois avec un collègue pour qu'on le rapatrie au 36. Si besoin, un toubib s'occupe de lui. Je le verrai à mon retour. En attendant, il reste sous bonne garde. Flo n'a qu'à le prendre sous son aile. Ah ! et puis tu fais passer la consigne : pas un mot, pas de journalistes à moins d'un kilomètre. Les huiles font dans leurs frocs. On garde au chaud tant qu'on peut, mais on ne pourra pas longtemps...

Augne acquiesce avant de rejoindre un de la Barre prostré. Le capitaine s'accroupit et lui parle à l'oreille. Lacelle les observe tandis que son adjoint aide l'homme à se redresser et le conduit à un collègue qui le prend en charge avant de retrouver le commandant.

– Pas beau à voir, le macchabée...

– Je vais jeter un œil.

Lacelle enfile une tenue blanche que lui procure un fonctionnaire de la Scientifique. Augne s'apprête l'imiter.

– Non, Didier, je préfère que tu remontes et que tu supervises les gars devant l'immeuble et à l'entrée du parking. Faudrait pas qu'il y ait une fuite...

Bien que ce rôle de garde-chiourme déplaise à Augne, il s'exécute sans râler.

Une fois ensaché dans la combinaison, Lacelle se plie en deux, passe sous la rubalise, se dirige vers la Mercedes et la jambe qui en dépasse. Il fait signe à un homme de la Scientifique qui s'approche. Celui-ci ne perd pas son temps en politesses.

– Pas commun comme scène de crime, Commandant. On en saura un peu plus quand on aura fait tous les relevés.

– C'est bien Jeffrey Poux de Maizieux ? On en est certain ? Parce que vu l'état...

— En tout cas, c'est ce que disent ses papiers d'identité, mais bon, on l'a vu assez souvent sur les écrans pour avoir un doute. On attend le légiste d'une minute à l'autre…

Ils sont interrompus par le portable de Lacelle dont la sonnerie retentit.

— Excuse-moi…

Le commandant se contorsionne pour récupérer le téléphone sous sa combinaison.

— Allô, Lacelle, j'écoute.

CHAPITRE 5

– Je sors la chienne maman ! J'ai fait la vaisselle. Je reviens de suite !

Ses roues grincent, il faudra que je graisse les moyeux. Maman apparaît dans l'encadrement de la porte du salon.

– Pas comme hier, hein, mon chéri ?

Je m'accroupis et passe le collier autour du cou d'Odzie, un setter irlandais de 9 ans, couleur feu, une tache blanche sur le museau. Ma mère me l'a offert pour l'anniversaire de mes 11 ans.

– Non, maman, promis. Hier elle s'est enfuie, je te l'ai déjà expliqué...

Je me relève. La chienne piaffe d'impatience. Elle trépigne sur place et fait des tours sur elle-même.

– Tu es partie plus de trois heures quand même, mon chéri...

Ses doigts enserrent les mains courantes en aluminium des roues. Maman porte des gants de cycliste antiglisse. Je les lui ai achetés en solde sur le site Internet d'Amazon.

– Fallait la retrouver. Le parc est pas mal grand, maman, tu sais bien. Je l'ai cherchée partout. J'avais peur de l'avoir perdue pour de bon.

Le timbre de ma voix ne donne-t-il pas l'impression d'une falsification de la vérité ? Ma mère n'aime pas quand je m'absente trop longtemps. Si elle venait à avoir des doutes, elle se rongerait les sangs.

– D'accord, mon chéri. Mais la prochaine fois, envoie-moi un SMS ou alors téléphone-moi pour me prévenir, que je ne m'inquiète pas pour rien.

Maman bascule de quelques degrés en arrière et pivote sur son fauteuil roulant pour retourner au salon. Elle s'en débrouille bien maintenant qu'elle a pris le coup.

« Allez, Odzie, viens, on y va. »

La chienne jappe de bonheur. J'ouvre la porte d'entrée. Nous sortons. Je referme à clé derrière moi. Nous dévalons les escaliers à toute vitesse. Odzie tire comme une raide dingue sur sa laisse. Je dois réfréner ses ardeurs, sous peine de prendre une gamelle. Le parc se situe à moins de cinq minutes à pied et ces escapades, trois par jours, sont devenues un rituel depuis que je vis en permanence à la maison.

J'avais entrepris des études de sciences à la Sorbonne. Maman et moi étions convenus qu'elle me louerait un petit studio pas trop éloigné de la faculté. J'éviterais ainsi les transports en commun et je ne perdrais pas de précieuses heures de travail. Maman bossait dans une usine de pièces détachées pour l'automobile qui produisait à flux tendu. Elle occupait un poste administratif. Employée depuis deux décennies, son salaire était correct. Le prêt pour l'appartement était remboursé et, pour le quotidien, elle se contentait de peu. Divorcée, un seul enfant, moi, ce qui lui permettait de payer le loyer de ma piaule malgré son coût excessif. Je rentrais la voir tous les week-ends.

CHAPITRE 5

Quand il fut question de cours à distance, puis quand l'université ferma ses portes, quand toute l'économie fut en jachère, quand l'usine mit une partie de son personnel au chômage partiel, nous ne nous sommes pas inquiétés outre mesure. J'ai gardé le studio. Durant la semaine, je suivais les cours en distanciel dans l'espoir que nous pourrions très vite retourner à la fac. Jusqu'au jour où ma mère m'a téléphoné, la voix brisée par l'émotion.

« Mon chéri, l'usine ferme... Ils délocalisent. »

Je ne me souviens plus de ma réaction, si ce n'est que je lui ai dit que je l'aimais. Ces bâtards n'avaient pas mis six mois à prendre leur décision. La crise sanitaire avait bon dos. Une semaine plus tard, maman a appris qu'ils avaient démonté les machines outils en pleine nuit et vidé les bureaux à la sauvage.

« Pour les transporter va savoir où... »

Elle avait soupiré avec le fatalisme qui caractérise les petites gens. Ses enfoirés de patrons avaient profité d'une partie de la manne du CICE en 2018, 40 milliards au total, et voilà comment son entreprise remerciait ses employés exploités et l'État providentiel. Les salariés étaient traumatisés. Les syndicats souhaitaient riposter, mais les manifestations et les piquets de grève étaient interdits à cause de la pandémie. Alors que faire ? Rien. Attendre.

Maman a reçu sa lettre de licenciement mi-juillet.

– À mon âge, aujourd'hui, trouver du boulot...

Elle était décomposée, la mine défaite et vaincue des perdants. Elle n'avait pas tout à fait 48 ans et se considérait déjà comme une vieille femme, usée, plus bonne à rien, un rebut sur le marché du travail. Je l'avais réconfortée sur le ton de la plaisanterie parce que je n'avais pas d'autres armes sous la main :

– Excellente occasion pour séduire un prince charmant...

Elle n'avait pas ri.

À cette époque, j'avais déjà rendu les clés du studio. À quoi bon payer un loyer dans ces conditions, sans la moindre assurance que la faculté rouvrirait à la rentrée ? Ce fut un été pourri. Maman se faisait de plus en plus de soucis, et elle fut lasse avant d'être fatiguée, puis exténuée. Marcher lui devint pénible. Elle se déplaçait en s'appuyant sur les meubles et aux murs. Elle maigrit à vue d'œil, perdit l'appétit et n'eut bientôt plus goût à rien.

Maman a consulté son médecin traitant. Il lui a prescrit des oligoéléments, de la vitamine C et du Xanax, un anxiolytique. Il lui a affirmé que ce n'était pas grand-chose, une fatigue passagère, le moral en baisse. Vu les circonstances actuelles, il considérait qu'il n'y avait rien d'anormal à être un peu déprimé. Tous les jours, il voyait des patients dans un état bien pire que le sien qui s'en remettaient. Je pense que nous n'y avons pas cru, ni elle ni moi, même si nous n'en avons pas parlé entre nous par la suite. L'ombre d'une catastrophe planait au-dessus de nos têtes. Une épée de Damoclès nous menaçait sans que nous sachions à quoi nous attendre.

Dès la mi-août, la fatigue la clouait sur le canapé du salon une bonne partie de la journée. Pas d'autres symptômes pourtant, si ce n'est qu'elle maigrissait encore et encore...

« Allez Odzie, va ! »

Je détache la chienne. Elle me tourne autour avant de filer au triple galop dans les allées du parc. Nous nous dirigeons vers l'étang. Je m'assiérai sur un banc, le *nôtre*, pendant ce temps Odzie batifolera dans l'eau. Après, ce sera le traditionnel jeu du bâton.

Hier, pour sa première promenade matinale, la chienne n'en a pas eu l'occasion.

Avant ses problèmes, le week-end, ma mère se joignait à nous. Depuis qu'elle est en fauteuil roulant, elle ne quitte plus l'appartement. Ni la force ni l'envie, et trop compliqué quand on habite au troisième étage sans ascenseur. Elle m'assure qu'elle n'en souffre pas : « Tu t'occupes si bien de moi, mon chéri, j'ai beaucoup de chance de t'avoir. » L'éclat voilé de ses yeux ne me trompe pas, maman est bien plus abattue qu'elle ne le montre.

Quand ses troubles sont devenus sérieux, fréquents et invalidants, je me suis inquiété pour de bon. Un matin de la semaine, maman était en chemise de nuit et m'avait rejoint dans la cuisine pour le petit-déjeuner. J'ai alors vraiment pris conscience des changements qui s'opéraient en elle, au moral comme au physique. Ses jambes se réduisaient à deux piquets fragiles. La peau saillait sur ses os. Les muscles s'atrophiaient et ses genoux cagneux dessinaient cruellement les contours de ses rotules. Maman a remarqué mon regard inquiet. Elle s'est empressée de s'asseoir, tirant autant que possible sur le bas de sa chemise de nuit.

Quelques jours plus tard elle souffrait de crampes à répétition. Son souffle s'est fait court et sifflant, même au repos. Elle pensait que ses tracas étaient dus aux soucis de tous les jours. Elle stressait de ne plus avoir de travail. Avec ses indemnités de licenciement, nous pouvions tenir un an, voire deux en faisant très attention et en nous privant. D'un côté elle angoissait, d'un autre elle minimisait les signes manifestes de son mal. Maman niait l'évidence. Je lui ai proposé de chercher un boulot pour l'aider à arrondir les fins de mois. Elle a refusé tout net en prétextant que mes études étaient une priorité absolue pour moi... et pour elle.

Mes études ! Elles avaient repris en septembre, en distanciel et à la maison. Quelle connerie ! Alors, sans lui dire, j'ai cherché un job d'étudiant. N'importe quoi pour mettre un peu de beurre dans les épinards. Autant pisser dans un violon. Le marché du travail était à l'arrêt. Chômage technique, partiel, licenciements, l'économie tournait au ralenti.

Il ne suffisait pas de traverser la rue pour trouver un boulot comme l'autre guignol l'avait affirmé au début de son quinquennat. On en était réduit à se serrer la ceinture. Pendant ce temps, les riches s'en mettaient plein les poches. *Business as usuel.* La crise profitait à une minorité. Je ne m'étais jamais intéressé à l'économie ou à la politique, cette fois j'étais rattrapé par le bataillon.

À la mi-novembre, maman eut des difficultés à avaler. Paniqué, j'ai insisté jusqu'à ce qu'elle accepte d'aller à l'hôpital faire des examens. Début décembre, le diagnostic est tombé : SLA. Sclérose latérale amyotrophique. La maladie de Charcot. Une espérance de vie comprise entre trois et cinq ans. J'ai pleuré une grande partie de la nuit. Comment cette saleté s'était-elle déclarée si brusquement chez ma mère, une femme de moins de 50 ans ? J'avais la haine, la rage. J'étais dévasté par tant d'injustice.

Maman a accueilli la nouvelle avec résignation. Elle m'a surpris par son calme, comme si le constat qu'elle faisait avait valeur d'excuse, quand moi j'étais révolté.

« Je m'en doutais... »

Je me souviens avoir demandé au neurologue qu'elle venait de consulter si le stress, le fait d'avoir perdu son travail, de me savoir en rade dans mes études, de vivre dans un pays durement touché par la crise sanitaire et sans perspective, pouvaient être des facteurs déclenchant ?

« Rien n'est certain. La SLA survient la plupart du temps quand on atteint un certain âge. En gros autour de 60 ans. Mais il se peut, dans le cas de votre mère, qu'un stress important ait favorisé la maladie. Ou du moins l'ait rendue précoce... »

« Odzie ! Odzie ! On rentre ! »

La chienne tourne et vire pour tenter de retarder l'échéance. Un manège que je connais bien et dont je ne suis pas la dupe. Je l'attends devant le portail du parc. Une demi-heure que nous y sommes. Je ne veux pas une nouvelle fois inquiéter maman.

« Allez Odzie, viens ! »

La chienne me rejoint à regret. Je l'attache et nous rentrons.

L'évolution de l'état de santé de ma mère a bientôt nécessité qu'elle se déplace en fauteuil roulant. Si elle pouvait encore se mouvoir sur ses deux jambes d'une pièce à une autre, chaque pas l'exténuait et lui demandait un effort surhumain. Sa maladie évoluait à vitesse grand V. Elle progresserait par paliers, comme nous l'avait expliqué le corps médical. Il y aurait des rémissions provisoires, mais de plus en plus rares. De toute façon, à la fin...

— Je ne veux pas que tu te sacrifies pour moi, mon chéri...

Maman était allongée sur le canapé. Elle sanglotait sans pouvoir se retenir. Les larmes baignaient ses joues qui n'avaient jamais été aussi creuses. Je me suis agenouillé près d'elle et l'ai prise dans mes bras pour la bercer comme une enfant. Les rôles s'inversaient, ma mère était devenue mon bébé.

— Ne dis pas n'importe quoi, s'il te plaît.

Ma voix s'altérait, contrainte par l'émotion. J'avais 20 ans, j'étais enfermé une grande partie de la journée avec elle dans l'appartement. Je m'en voulais de penser que ma jeunesse partait en fumée à jouer les gardes-malades. J'étais convaincu que sa maladie était une conséquence directe liée au stress, à son licenciement. Aux salauds qui avaient profité de la crise sanitaire pour délocaliser l'usine et mettre trois cent vingt salariés à la rue. La goutte d'eau qui a fait déborder mon vase déjà bien plein fut de voir à la télé aux infos un type goguenard, un certain Georges-Henri Charançon, accusé d'avoir donné chez lui, dans son palais Verveine, un dîner prohibé pour une quarantaine de convives triés sur le volet.

Le journaliste traitait le sujet d'une manière anecdotique, le sourire aux lèvres. Charançon minimisait, il prétextait d'une farce, d'un 1er avril hors saison, le tout sur le ton de la plaisanterie. Sur le plateau, devant les caméras, nous étions entre gens de bonne compagnie.

— Il n'y a que les pisse-froid, en cette période de sinistrose, qui peuvent reprocher à quelques personnes inoffensives de mettre un peu de gaieté dans leur quotidien, et ça sans nuire à qui que ce soit d'ailleurs.

Charançon se dédouanait devant un journaliste plus lèche-botte que jamais. Le présentateur buvait les paroles de l'invité et approuvait d'un hochement de tête bon enfant pimenté d'une répartie complaisante.

— Il est vrai que les temps qui courent manquent cruellement de gens épicuriens...

Pour faire bonne mesure, le reportage suivant avait été consacré aux indemnités que les grandes entreprises réclamaient à cor et à cri. Elles menaçaient l'État d'un tsunami de licenciements si le gouvernement ne leur allouait pas les milliards réclamés. Je me suis senti personnellement visé par ces informations qui nous concernaient si peu. Victime collatérale en quelque sorte. Un trop-plein, un ras-le-bol, la nausée. Des hommes et des femmes *de qualité* banquetaient en pleine pandémie. De grosses entreprises toucheraient de l'argent public qu'elles distribueraient en grande partie, et comme de coutume, à leurs actionnaires. Cette société du spectacle et de l'argent érigée en modèle m'est apparue plus insupportable que jamais. J'avais 20 ans et aucun avenir devant moi. J'étais quantité négligeable, une simple variable d'ajustement. Ma mère mourrait à petit feu tandis qu'une frange nantie de la population bambochait et qu'une autre s'en foutait plein les poches – la même, d'ailleurs. Il ne s'agissait pas d'une révélation en vérité, mais d'un sentiment d'arbitraire, d'une humiliation de trop. Nous étions sacrifiés sur l'autel des inégalités.

Ce jour-là, ma vie a basculé.

« C'est nous maman ! »

Je la retrouve dans le salon, le menton sur sa poitrine, elle s'est endormie. Sans bruit, je file dans ma chambre. La chienne m'emboîte le pas. Je referme la porte derrière nous. Deux enjambées et je me mets à quatre pattes, Odzie en profite pour me léchouiller la figure.

« Arrête ! Mais arrête Odzie, c'est dégueulasse ! »

Je la repousse. Elle s'assoit sur son derrière, me regarde, intriguée. À quoi joue-t-on ?

« Tiens-toi tranquille un instant, tu veux bien ? »

Je glisse un bras sous le lit et tâtonne d'une main. Le carton est là. UPS me l'a livré il y a quinze jours, une commande passée sur le Net. Rassuré, je me redresse et vais m'asseoir à ma table de travail. J'allume l'ordinateur. Odzie se couche à mes pieds et soupire. Elle a l'habitude de mes longues séances baigné dans la lumière bleuâtre de l'écran. Ma boîte mail contient cinq messages. Des alertes Google. Je les lis. Depuis hier soir l'information suscite une avalanche de commentaires. Plus tard, dans la barre de recherche du navigateur, je tape le nom de Georges-Henri Charançon. Je fais une fixette sur ce connard.

Avec Jeffrey Poux de Maizieux, ça n'a pas été plus difficile que ça, pourquoi le serait-ce avec lui ?

CHAPITRE 6

Un casque Bose Noise Cancelling à réduction de bruit sur les oreilles, Viam arpente les allées du supermarché, rétive à tout contact, même si elle connaît *de visu* quelques-uns des clients qui la saluent au passage. Dans cent ans, se convainc-t-elle pour la centième fois en les ignorant, tout ce qui fut un jour vivant aura perdu de son sens. Il n'y a aucune raison valable à toutes ces politesses hypocrites. Une maïeutique circonstancielle qui justifie à bon compte son Asperger et l'élève à un rang philosophique plus supportable pour son intellect. À quoi bon se forcer à jouer la sociabilité puisqu'elle n'est qu'un leurre éphémère ?

Sise rue de Ponthieu, la moyenne surface est d'une taille acceptable à l'échelle de ses tocs. Viam y fait ses courses une fois par mois. Le dernier samedi précisément. Une période où beaucoup tirent le diable par la queue et où l'affluence est un tant soit peu réduite. Viam remplit son caddie jusqu'à la gueule. Toujours les mêmes produits, listés, mesurés, calibrés, tandis que son casque déverse en sourdine du rap russe. Viam a découvert cette musique par hasard sur une station de radio FM. L'animateur avait cité un nom accompagné d'un titre. La commissaire, grâce à Internet, avait pu remonter à la source. Pas vraiment ce qu'elle est censée aimer, mais suffisamment exotique pour qu'elle y trouve de l'intérêt. Ratmir Chichkov, Egor Kreed ou encore Roma Zhigan sont, parmi les artistes russes, ceux qu'elle privilégie et dont elle a enregistré de manière exhaustive l'intégralité des EP disponibles en streaming sur le Web. Une musique underground aux consonances étrangères qui a l'avantage de l'emmitonner dans sa bulle. Elle lui assure une sécurité intérieure qui lui permet d'effectuer ses achats sans trop souffrir de la présence de ses contemporains. Ni les annonces criardes au micro ni la musiquette d'ambiance du supermarché ne parviennent à pénétrer sa zone de confort, à déstabiliser cette femme d'île déserte échouée sur un continent mystérieux empli d'un vacarme incessant, d'odeurs tenaces et de gens méconnaissables. Il n'y a qu'à son travail qu'elle parvient à se forger une armure suffisamment épaisse pour ne pas chausser son casque-heaume. Néanmoins, au ministère, il lui arrive de s'isoler dans les toilettes, à l'abri du monde. Elle s'y attarde le temps de faire tomber la pression et de vaincre ses migraines qui peuvent être tenaces. Des retraites indispensables pour ne pas se sentir à la merci des autres, et notamment du dir.-de-cab.

À l'intérieur du supermarché, la commissaire ne déroge pas à l'itinéraire d'un parcours défini à l'avance. Elle trace des lignes avec la ferme intention de les suivre et de ne rencontrer personne sur son chemin. Si, par malheur, l'agencement d'un rayon se trouve à être bouleversé, un début de panique s'ensuit. Il n'est pas pour autant question de modifier ses habitudes. La commissaire se passera ces mois-là de pâtes, de riz ou de pommes de terre. Un prix à payer pour échapper à la froideur que serait le figement si elle cédait à l'affolement de l'imprévu. Viam a aussi ses marques et ses emballages favoris. Si le packaging d'un produit vient à évoluer, elle ne l'achète pas. Jusqu'à la prochaine fois où elle aura assimilé le changement et le bravera sans endurer les affres de la nouveauté.

Une fois le chariot plein, la commissaire choisit la caisse la plus proche de la sortie. De préférence sa caissière attitrée, une employée d'un certain âge qui la rassure. L'idée qu'une femme ayant dépassé la cinquantaine soit plus en mesure de lui pardonner (mais quoi ?) apaise ses craintes d'être jugée. En son absence, il lui faut un certain temps avant de se décider. La force de l'habitude la pousse invariablement vers la caisse en bout de magasin. Viam y dépose ses courses sur le tapis roulant dans un ordre précis, et les range ensuite dans un ordre tout aussi précis.

Le retour à l'appartement, surchargée de sacs pesants au point de devoir s'arrêter à de nombreuses reprises pour soulager les muscles de ses bras, n'est pas une sinécure. Par grosse chaleur, elle peine et sue gras comme de la charcuterie laissée en plein soleil. Dans ces cas-là, elle se dégoûte d'elle-même. La playlist enregistrée sur son smartphone stère le temps à l'aune des morceaux gutturaux de rap russe. En principe, elle réussit à s'y tenir. Quand les dernières mesures s'éteignent sur un accord électrique, si elle n'est pas encore, pour une raison ou une autre, arrivée à bon port, un désarroi brutal la paralyse. Elle reste de longues secondes immobile sur le trottoir avant de pouvoir repartir.

Le miracle, qu'elle ne s'explique pas, est qu'elle puisse respirer et se mouvoir dans un monde inadéquat à sa volonté. Viam n'est jamais en mesure de contrôler son quotidien comme elle maîtrise ses activités professionnelles. Ce samedi, trois jours après le début de l'affaire de Maizieux, elle prend du retard sur son minutage serré alors que Zhigan achève son ultime morceau de bravoure : С днем рождения, пацаны (*Joyeux anniversaire, mectons !*).

Le mercredi précédent, la réunion prévue à 14 heures avec Nedde n'avait pas eu lieu. Contre toute attente, le directeur de cabinet était entré dans son bureau en milieu de matinée, la mine passée au carbone, cramée par la nouvelle qu'il lui avait annoncé d'emblée.

« On a tué Poux de Maizieux ! »

La commissaire l'avait regardé, incrédule.

« Poux de Maizieux, merde ! Le patron des patrons ! Vous vivez sur quelle planète, Commissaire ? »

Le dir.-de-cab. s'était approché du bureau derrière lequel elle était assise. Viam avait eu un mouvement de recul.

« Il y a une heure à peine... »

Nedde avait expliqué que le ministre de l'Intérieur avait reçu des ordres « d'en haut ». Il avait cru bon d'enfoncer le clou au cas où elle n'aurait pas pigé la métaphore.

« Des ordres *du président*. Des flics du 36 sont sur place. Les pompiers. Le Samu. On tient les médias en laisse... pour le moment. »

L'expression de son visage donnait à entendre que la laisse était sur le point de céder.

La commissaire avait éprouvé une de ses absences. Elles survenaient quand une circonstance étrangère et inattendue s'infiltrait dans l'espace restreint de ses journées. Viam ne voyait pas en quoi cela la concernait. Certes, Poux de Maizieux était une personnalité, et elle devrait à coup sûr s'occuper de la communication entre les services du 36 et le ministère, pondre des rapports, des comptes rendus, bref toute chose qui était de son ressort, mais elle ne se rendait jamais sur le terrain dans l'urgence et à chaud. Viam avait en principe affaire à des histoires de gros sous. Elle travaillait plus volontiers avec la brigade financière, Bercy et compagnie. Des arrangements étaient trouvés avec les personnalités mises en cause. D'autant plus si celles-ci faisaient partie du personnel politique. Les gens des médias et du

showbiz représentaient son ordinaire, avec parfois un cas d'extorsion de fonds ou un chantage quelconque. Il arrivait qu'un ponte de l'entreprise vînt égayer sa routine. À l'image de Gérard Carpet, qui se débattait depuis des lustres avec la justice à cause de l'attribution abusive d'un dédommagement de plusieurs centaines de millions d'euros dans le cadre d'un ancien scandale bancaire. Un arbitrage de complaisance rendu par une ancienne ministre des Finances devenue directrice d'une organisation internationale stratégique et que le pouvoir protégeait aux dépens de Carpet. Son travail consistait à tenir informé le directeur de cabinet qui remontait les informations à qui de droit. L'opinion publique était friande des aventures et des tribulations des vedettes. L'enjeu était de les contrôler afin d'empêcher qu'elles éclaboussent le pouvoir et ses nombreux thuriféraires. Rares étaient les exemples où le bon Dieu lui-même intervenait. Jamais le président ne se mouillait. Il déléguait les basses besognes pour éviter que la merde ne remontât jusqu'à ses délicates narines. Mais, aujourd'hui, le Sérénissime en personne montait au créneau.
« Une affaire d'État... »

Nedde s'enflait d'une importance pompeuse en prononçant ces quelques mots. Il avait poursuivi sur sa lancée au cas où la commissaire n'aurait pas bien saisi le tragique de la situation.

« Sans compter les enjeux économiques et les bouleversements qu'entraînerait, à considérer les circonstances actuelles dans lesquelles se débat le pays, la disparition brutale et sans filtre d'un Poux de Maizieux. »

Le dir.-de-cab. avait attendu une poignée de secondes, laissant à Viam le temps de s'imprégner de l'information.

« Et donc, Commissaire, vous vous rendez fissa sur les lieux. »

Un ordre impératif de Nedde qui avait plongé Viam dans la confusion. Elle avait blêmi, incapable de trouver les mots pour s'opposer à cette injonction incongrue.

La commissaire n'était pas une femme de terrain mais une administrative. Son rôle consistait à remplir de la paperasse qui finissait dans un broyeur ou, selon son caractère sensible, dans un coffre-fort, estampillé du tampon : ULTRA-CONFIDENTIEL.

« Le commandant Lacelle, de la Crim', est sur place. Il dirige l'enquête. Vous serez sa principale interlocutrice en charge de superviser les opérations de liaison. »

Après ces ultimes recommandations de Nedde, la commissaire avait tenté de négocier. Mal et en vain. Une défense passive qui reflétait son impuissance à envisager la chose autrement que sous l'angle de la fatalité, antichambre de l'angoisse à venir. Le dir.-de-cab. lui avait intimé l'ordre de partir séance tenante sur un ton qui n'appelait pas à la contradiction.

« Une voiture avec chauffeur et escorte policière vous attend à l'entrée des artistes... »

À 11 h 35 ce jour-là, la commissaire pénétra d'une humeur massacrante et sans un mot dans la voiture. Le chauffeur démarra. Gyrophares et sirène hurlante, deux motards de la police les précédaient. Le cortège traversa Paris sur les chapeaux de roues. Il parvint en moins d'un quart d'heure au pied de l'immeuble où la Fédération de water-polo avait son siège. La Peugeot 508 stoppa dans un crissement de pneus très cinématographique. Le chauffeur se la jouait un peu trop. Un policier en uniforme ouvrit la portière à la commissaire. Ne voyant personne sortir du véhicule, il se pencha.

— Commissaire Viam ? On vous attend...

CHAPITRE 6

Cette dernière ne semblait pour autant pas vouloir sortir du véhicule. Un homme en civil vint au secours du policier et se pencha à son tour. Sa tête s'inscrivit dans l'encadrement de la portière. Deux grands yeux globuleux la fixèrent.

– Commissaire Viam ? Capitaine Didier Augne de la Crim'... Vous feriez mieux de venir, la presse a débarqué en force et vous risquez d'attirer leur attention.

Il l'invita à le suivre.

– Le commandant Lacelle vous attend au deuxième sous-sol du parking.

– C'est absurde... je n'ai rien à faire ici.

Viam fit la grimace. Elle grogna un ou deux gros mots entre ses dents. Elle préférait se dissimuler derrière un caractère de cochon afin de parer les coups à venir. Le capitaine fit la sourde oreille. Il lui tendit une main serviable pour l'aider à s'extirper de la voiture.

La commissaire la dédaigna.

CHAPITRE 7

La Scientifique a terminé son boulot, le commandant Lacelle demande qu'on laisse la victime dans la voiture en attendant l'arrivée de la commissaire Viam. *Autant qu'elle en profite*, pense-t-il, non sans une arrière-pensée coupable.

Le commissaire général Jacques Bugeat, patron du 36, lui avait téléphoné alors qu'il était déjà sur place.

« Lacelle, on nous fourre dans les pattes une gratte-papier du ministère, une commissaire, à tous les coups une planquée. Elle fera le lien entre nous et eux. »

Lacelle avait protesté pour la forme, sachant qu'il n'était pas en mesure de s'y opposer. Bugeat compatissait. Des emmerdes à l'horizon, mais l'affaire était sensible. Le président en personne se tenait au courant. Bientôt, l'information circulerait dans toutes les rédactions du pays.

« Attendez-vous à être envahi par les mouches à merde. »

Le patron du 36 appelait *mouches à merde* la confrérie des journalistes qu'il ne portait pas dans son cœur, mais sur l'estomac.

En raccrochant, Lacelle avait eu le sentiment de se faire baiser en long et en large. Quelle que soit la direction que prendraient les investigations, il l'avait dans l'os.

Le commandant allume une cigarette, la cinquième de la journée. Sa femme se désespère qu'il arrête un jour de fumer mais Lacelle, dans les moments de tension, ou simplement pour tuer le temps, ne peut s'empêcher d'en griller une. Son père, fumeur invétéré, est mort d'un cancer de la gorge. Sa triste fin à l'hôpital dans un service d'oncologie puis de soins palliatifs aurait dû le dégoûter à jamais des clous de cercueil, mais l'addiction est trop forte. Et puis, enfin, quelle idée stupide de vouloir durer. À son âge, l'éternité est derrière lui, pas devant.

Les portes de l'ascenseur s'ouvrent, Lacelle se débarrasse de sa clope d'une pichenette. Il l'écrase sous son talon en imprimant un tour de vis aller-retour, et il se dirige vers la commissaire Viam qui est accompagnée par le capitaine Augne. Il ne la connaît pas. Il n'en a jamais entendu parler. Il n'a d'ailleurs pas eu de motifs valables de se renseigner à son sujet auparavant. Le poste qu'elle occupe à l'Intérieur n'est pas si ancien. Il n'a jusqu'ici engendré aucune vague dans le milieu des affaires criminelles. C'est à n'en pas douter l'un des strapontins permettant d'envisager une carrière plus politique que policière au sein du ministère. Cette créature doit être une ambitieuse doublée d'une intrigante. Cependant, la première impression de Lacelle est mise en défaut. Sa surprise est réelle en voyant la commissaire s'avancer sans empressement vers lui. La relative jeunesse de la femme l'étonne. Il parie alors sur une forte en thème ou une lèche-cul qui ne songe qu'à son avancement dans la hiérarchie. Comment, sinon, aurait-elle atterri dans ses fonctions à son âge, qu'il estime autour de la trentaine ? Lacelle se tient sur ses gardes. Il faudra s'en méfier comme de la peste. Augne, deux pas derrière Viam, lui fait un signe discret que le commandant n'interprète pas. Il peut aussi bien signifier *pas commode* que *je me suis brûlé les doigts*.

Ils sont à moins de deux mètres l'un de l'autre. Lacelle tend une main. Viam marque un temps d'hésitation avant de tendre la sienne. Elle la retire aussitôt après une poignée d'une mollesse désagréable, voire discourtoise.

– Commandant Olivier Lacelle, heureux de faire votre connaissance, Madame.

– *Commissaire* Viam.

Elle lui aurait craché à la gueule que l'effet produit n'en aurait pas été moins abrupt. Dans le même élan, son regard fuyant désavoue l'aridité de son propos. Comme si elle se repentait soudain de sa froideur distante.

– Qu'avons-nous ?

Viam récite une phrase apprise par cœur ou quoi ? *Qu'avons-nous ?* Quelle question stupide digne des pires feuilletons télévisés ! Lacelle se retient de ricaner. Mais ni l'endroit ni les circonstances ne se prêtent à ce genre de manifestation. Augne profite d'un ange qui passe pour s'excuser en deux mots. Après un regard fugitif encadrant un bref instant Lacelle et Viam, il s'éclipse. Le capitaine remonte à l'air libre afin de s'assurer que la presse est autant que possible tenue à l'écart.

– Justement, *Commissaire*. La presse. Quelles sont les consignes "d'en haut" ?

Viam est décontenancée et rendue muette par la question. Un mutisme qui serait fertile s'ils étaient des adversaires avant l'assaut mais, pour l'instant, ce n'est pas encore le cas. N'obtenant pas de réponse, Lacelle propose de se rendre sur la scène de crime. Sans attendre, il lui tourne le dos et se dirige d'un pas décidé en direction de la Mercedes-Maybach.

Eymoutiers, le dimanche suivant le meurtre de Poux de Maizieux, Lacelle et son épouse se rendent tôt le matin au jardin partagé. Un temps, le commandant a cru son week-end fichu, mais le patron du 36 ne s'est pas manifesté et aucun contre-ordre ne lui a été signifié. Il a pris soin de ne pas aborder le sujet et, le vendredi en début d'après-midi, en route pour la Haute-Vienne. Il a parcouru en un peu moins de six heures et en Kangoo les quatre cent cinquante kilomètres qui séparent Paris d'Eymoutiers, embouteillages à la sortie de la capitale et pause café-pipi compris. En fin de journée, il a retrouvé Nathalie sur les hauteurs de la vieille ville.

Au jardin partagé, les premiers plants de tomates ont été mis en terre. Le potager communautaire prend doucement forme. Ici, sans lui, le monde bouge, croît, vit et Lacelle en est presque étonné. Un séchoir, construit avec des palettes non traitées et divers matériaux de récupération, a été implanté sur une butte, pas très loin d'une rangée de ceps de vigne censée profiter au maximum de l'ensoleillement. Le changement climatique fait espérer une récolte, même si le plateau de Millevaches est davantage réputé pour son froid hivernal que pour sa piquette. À l'intérieur du séchoir, des clayettes au nombre de huit sont prêtes à accueillir fruits et légumes. Un ventilateur branché sur un mini-capteur d'énergie solaire en assure la bonne aération. Lacelle et Nathalie s'attellent à la tâche sitôt arrivés. Monsieur passe le motoculteur. Madame prépare un carré pour y semer des aromatiques. Le moteur de l'antédiluvien engin fait un bruit d'enfer. Il laisse tout loisir au commandant de se perdre dans ses pensées et de ruminer le déroulé des trois derniers jours de l'enquête sur le meurtre de Jeffrey Poux de Maizieux. Une bien curieuse affaire tant elle ne correspond à rien de ce qu'il a connu en trente ans à la Crim'.

Les outils de jardinage utilisés par les partageurs sont fournis par la recyclerie locale, *Le monde allant vers –*

un sympathique jeu de mots que Lacelle interprète comme la volonté d'en finir avec *le monde d'avant*. L'association a passé un accord avec la mairie pour occuper et entretenir à titre gratuit ce terrain en bord de Vienne. L'intention première était de fournir aux migrants, accueillis dans un centre d'accueil pour demandeurs d'asile (un Cada) de la commune, l'occasion de cultiver et de récolter le fruit de leur activité potagère. L'idée était de les mêler à la population locale afin de créer du lien et d'apprendre à se connaître. Le fameux *vivre ensemble* qui n'est souvent qu'une expression sans lendemain, ici se pratique à échelle humaine. L'idée était généreuse, mais les migrants, peut-être parce qu'ils sont de passage et ont d'autres chats à fouetter que de planter des patates, n'y adhérèrent pas. Le jardin partagé devint alors un lieu de rencontre pour les gens du coin, du moins ceux qui aimaient à jardiner en commun et à passer un moment agréable près de la rivière.

Le motoculteur trace dans la terre meuble. Lacelle pense à l'enquête sur le meurtre de Poux de Maizieux. Elle n'a guère avancé. Les relevés d'empreintes et d'ADN sont en cours de traitement. Ils passeront ensuite à la moulinette du FNAED et du FNAEG (les fichiers nationaux automatisés des empreintes digitales et génétiques). Les vidéos de surveillance saisies seront analysées. Les dépositions des personnes présentes dans l'immeuble au moment des faits seront collationnées et épluchées. L'audition du secrétaire de Poux de Maizieux, Gaétan Morizet de la Barre, n'a pas permis d'avancer d'un iota. L'homme, visiblement atteint par la mort de son patron – et ce n'était pas du chiqué –, n'a rien vu de suspect en redescendant du deuxième étage avec le dossier oublié. Il est le dernier à avoir aperçu la victime en vie et, comme de coutume, le premier suspect. Lacelle suppose que ça ne donnera rien de ce côté-là. Quant à Sandrine Poux de Maizieux, elle se remet dans un lit d'hôpital, choquée et sous sédatif. Quand elle a appris l'assassinat de son mari, elle a fait un malaise suivi d'une crise de nerfs. Le commandant ne peut pas, même ici à Eymoutiers en redémarrant le motoculteur qui vient de caler, s'enlever cette affaire de la tête. Elle lui tombe sur le râble quelques mois avant la retraite, et ce n'est pas un cadeau.

Trois jours plus tôt, Viam emboîte le pas du commandant en prenant soin de maintenir entre eux une distance relative. Lacelle sent la présence de la commissaire dans son dos. Il ne comprend pas pourquoi elle ne se porte pas à sa hauteur. C'est quoi son problème ? Parvenu devant la rubalise qui barre l'accès à la Mercedes-Maybach, il se retourne sans crier gare.

— Je vous avertis, ce n'est pas beau à voir…

Viam ne fait aucun commentaire. Son visage reste de marbre. Il se dégage de cette femme un courant glacial qui réfrigérerait n'importe qui. Peut-être joue-t-elle un rôle, allez savoir. Tout le monde imite quelqu'un. Le pire est toujours de se singer soi-même.

Lacelle prend les devants.

— Suivez-moi.

Viam se baisse. Elle passe sous la rubalise et entre dans le périmètre gelé de la scène de crime.

— Tous les relevés ont été faits. Vous pouvez avancer sans crainte de détruire des pièces à conviction.

Après l'avoir rassurée, le commandant cède le passage. Il guette sa réaction quand elle apercevra le corps sans vie de Poux de Maizieux, de trois-quarts et de guingois sur la banquette arrière de la voiture. À distance, les ambulanciers les observent. Ils se demandent quand ils pourront enfin s'occuper du mort et le conduire à l'IML, l'Institut médico-légal, afin de l'autopsier. Viam s'approche sans montrer de signes d'hésitation. Elle s'arrête à moins d'un mètre de la portière ouverte et de la jambe qui en dépasse. Jeffrey Poux de Maizieux gît mi-adossé mi-allongé. Une position si peu naturelle que l'idée saugrenue de le redresser traverse Viam. Une feuille de boucher est enchâssée longitudinalement dans le crâne de la victime. Une vision incongrue et grotesque. La tête est horriblement fendue en deux. Les yeux exorbités de JPM expriment davantage de la surprise que de la douleur.

– De Maizieux est mort sur le coup.

Dans son dos, la voix du commandant sonne comme un gong. La commissaire sursaute. Elle serre les dents pour ne pas laisser transparaître le malaise qui la gagne.

– L'agresseur est certainement arrivé par-derrière. Il n'y a pas de marques de défense. Il ne lui a pas laissé la moindre chance. On peut imaginer qu'il l'a interpellé pour qu'il se retourne. En tout cas, à un moment donné, ils se sont fait face. On suppose que, dans le même temps qu'il le frappait avec le hachoir, il a poussé de Maizieux dans la voiture, puis il s'est enfui par le même ascenseur que celui que vous avez emprunté pour descendre au parking.

L'assertion prête à discussion quant à la fuite par l'ascenseur plutôt que par les escaliers. Mais elle est volontaire, histoire de troubler un peu plus la commissaire qui, pourtant, ne témoigne d'aucune réaction visible. Viam n'esquisse pas le moindre geste, statufiée qu'elle est devant la scène de crime qui se présente sous ses yeux. Rien ne la prédestinait dans sa fonction actuelle à devoir un jour assister à une telle monstruosité. Jamais non plus, dans sa première affectation dans un commissariat de province, elle n'avait eu l'occasion de se rendre sur des scènes de crime aussi violentes et... et dégueulasses. Oui, *dégueulasses* est le mot qui tourne en boucle dans sa tête. Viam regrette son casque et le déferlement de rap russe qui la garantirait de ce monde extérieur cauchemardesque. Elle se sent défaillir l'instant d'une seconde avant de se reprendre et de se tourner vers le commandant.

– Des caméras dans le parking ?

Le ton employé par la commissaire est d'une neutralité étudié. Un goût amer de bile embrène sa langue et son palais.

– Non, pas dans ce sous-sol, mais dehors et dans les environs. Nous avons demandé la saisie des images prises par les caméras de surveillance extérieure. Et celles aussi des stations de métro les plus proches.

Viam acquiesce d'un hochement de tête à la fois rigide et compulsif.

– Le directeur de cabinet du ministre va se charger de prévenir sa femme.

– À moins qu'elle ne le soit déjà par l'intermédiaire des médias. Je suis quasi certain que l'info a filtré. Ça fait quand même deux heures que nous l'avons découvert…

Le commandant désigne la victime à qui Viam tourne le dos. La commissaire a le réflexe de se retourner. Elle se retient au dernier moment.

– Pour la suite, je vous demande de bien vouloir me tenir informée en temps réel de l'évolution de votre enquête.

La prière se veut ordinaire, mais il sourd dans la façon qu'a Viam de s'exprimer une affectation forcée, et si peu naturelle qu'elle en est presque outrancière. Sa tentative maladroite de se donner une contenance échoue pitoyablement.

Déjà, la fréquentation de ses contemporains *vivants* est une épreuve pour elle, mais trucidés, une feuille de boucher encastrée dans le crâne, lui-même ouvert en deux, la cervelle à l'air, est une épreuve difficilement supportable. Pourquoi donc a-t-elle choisi ce métier ? Une énième fois, l'idée de démissionner sur-le-champ lui vient à l'esprit. Elle n'a pas le temps de la ruminer, le commandant la saisit par le coude pour l'obliger à repasser sous la rubalise. Son geste part-il d'un bon sentiment ? Le malaise palpable de la commissaire a-t-il dicté son attitude : l'éloigner de la Mercedes et discuter de la suite des opérations loin d'un Poux de Maizieux tranché en deux par le sommet ? Toujours est-il que Viam dégage vivement son bras.

– Je vous interdis de me toucher !

Sa voix est hystérique. Plus loin, les ambulanciers sourcillent et lancent des regards interrogateurs.

– Désolé.

Lacelle est plus décontenancé par sa réaction que contrarié. Il voudrait mieux s'excuser mais il ne sait pas comment s'y prendre. Il abandonne la commissaire et repasse sous la rubalise. Le commandant s'éloigne sans plus s'occuper d'elle. Après tout, elle peut bien dessécher sur place, il s'en fout. Et on ne l'y reprendra plus à faire des manières. D'ailleurs, est-elle une de ces féministes enragées qui ne supportent pas les marques d'attention de la part d'un homme ? Lacelle n'y peut rien s'il est le produit d'une éducation. Celle de la vieille école qui veut qu'on ouvre les portes aux dames et qu'on s'assoie seulement après qu'elles-mêmes le sont. Quitte à passer pour un ringard. Dorénavant, il traitera Viam comme la supérieure hiérarchique qu'elle est administrativement. La fouille-merde qu'on lui a mise dans les pattes. Finies les attentions galantes.

Le commandant rejoint les ambulanciers et s'adresse à l'un d'eux.

– Vous pouvez embarquer le corps.

– Et elle ?

L'ambulancier, un jeune bodybuildé engoncé dans sa blouse blanche, jette un regard à la commissaire qui n'a pas bougé et semble plongée dans une profonde réflexion.

– Elle risque de nous gêner...

– Faites-moi plaisir, voulez-vous, embarquez-la avec vous par la même occasion.

L'élan de sincérité du commandant surprend son interlocuteur. Lacelle plonge une main dans une poche de sa veste, en sort son paquet de cigarettes. Il en propose une à l'ambulancier qui refuse, puis s'en allume une, tire dessus et recrache la fumée au-dessus de lui en attendant que Viam se décide enfin à lever le camp.

Le week-end suivant le meurtre du patron des patrons, Lacelle et son épouse déjeunent le samedi midi au Potron Minet, un restaurant au pied de la collégiale Saint-Étienne.

— C'est bien que tu aies pu venir.

Nathalie se félicite que son mari ait pu se libérer. Ils attendent leurs commandes, des entrecôtes limousines garnies de frites maison. Elle redoutait que l'affaire de Maizieux le retienne à Paris. Le commandant parle rarement de son travail, une règle qu'il s'est forgée au début de leur mariage, désireux d'établir une frontière entre son activité professionnelle et sa vie de famille. Nathalie lui en est reconnaissante. Elle sait combien cette discrétion est nécessaire à l'équilibre de leur couple. Pourtant, le meurtre de Poux de Maizieux a fait la une des journaux. Il passe en boucle sur toutes les chaînes d'information en continu, et son mari se retrouve en première ligne bien malgré lui. Quelques mois avant sa retraite, il hérite d'un cadeau empoisonné qui l'occupera bientôt jour et nuit.

— Tu sais bien sûr que le président de la République s'est exprimé devant les caméras à l'issue d'un conseil spécial à l'Élysée. Il y avait Jacques Bugeat à ses côtés et aussi le ministre de l'Intérieur, Darpantin, qui dansait d'un pied sur l'autre. Le pauvre Bugeat tirait une tête de six pieds de long. Tu aurais vu ça, Olivier...

Le serveur apporte les entrecôtes, à point pour Nathalie, bleue pour son mari. Il dépose les plats devant eux, sur la petite table installée à l'extérieur, au pied de la mairie en face de la collégiale, dans la rue en pente qui mène au parc du Pré-Lanaud. Lacelle pique une frite avec la pointe de son couteau et l'enfourne dans sa bouche. Il la mâche et avale.

– Tu sais comment de Maizieux surnommait le président ?

Nathalie secoue la tête. Elle n'a pas encore touché à son entrecôte.

– Il l'appelait l'*homoncule*. Tu imagines un peu ? C'est Bugeat qui me l'a confié.

Nathalie s'étonne du ragot. D'habitude, son mari n'est pas un homme à les rapporter. Elle sourit sans faire de commentaires, et entame son entrecôte sans en séparer le gras qu'elle mange en premier. Elle a toujours eu un bon coup de fourchette. Avec l'âge, ses rondeurs sont là pour en faire foi.

Trois jours plus tôt, Viam et Lacelle s'apprêtaient à se séparer devant les portes de l'ascenseur. L'ambulance venait de charger le corps de Poux de Maizieux et de partir dans une cacophonie de sirène et de bruits de pneus crissant sur le sol en béton ciré.

– On attend le rapport du légiste et les premiers éléments de la Scientifique. On n'a pas grand-chose d'autre à faire. Le capitaine Augne s'occupera des dépositions des personnes qui étaient dans le bâtiment au moment du meurtre. Les membres de mon équipe les éplucheront et se chargeront de l'enquête de proximité.

Lacelle avait marqué une pause et allumé une nouvelle cigarette dans l'attente d'une réaction de la commissaire. En vain.

– Je me demande qui est le cinglé qui a pu faire une chose pareille ? De Maizieux devait bien avoir des ennemis. C'est normal dans sa position. Mais je vois mal un type lui régler son compte à coups de hachoir sans avoir une raison particulière. Je pencherais plutôt pour une histoire personnelle. Celui qui lui a fait ça devait avoir un compte spécial à régler avec lui. Peut-être une histoire de sexe...

Le silence obstiné de Viam le mettait mal à l'aise. Depuis qu'elle avait quitté le périmètre de la scène de crime, elle n'avait pas ouvert la bouche.

L'ascenseur commandé était arrivé.

— Nous restons en contact.

Les portes s'étaient refermées sur ces mots de la commissaire. Viam avait disparu dans un bruit de tringlerie. Lacelle était resté un moment à réfléchir. À se demander qui était au juste cette bonne femme ? Il se renseignerait. Il n'était pas question qu'elle lui pourrît ses derniers mois à la Crim'.

Jeffrey Poux de Maizieux et Gaétan Morizet de la Barre sortirent les derniers des bureaux de la Fédération française de water-polo. De Maizieux avait dû s'absenter aux toilettes durant quelques minutes. Une envie pressante à cause des maudites viennoiseries de supermarché avalées sans réfléchir durant les deux heures qu'avait duré la réunion. Les croissants gras et pâteux lui avaient refilé un mal de bide abominable.

Les deux costumes-cravates longèrent le couloir du septième étage, siège de la FFWP, en direction de l'ascenseur. Ils ne remarquèrent pas, à l'autre extrémité, un jeune homme qui les attendait et venait de reconnaître le patron des patrons. Personne n'avait fait attention à lui. L'impersonnalité des lieux et le peu de va-et-vient le rendaient quasi transparent. Serrée dans sa main droite, il tenait la poignée rafistolée d'un vieux cartable. Un de ceux qui ont appartenu à un père ou à une mère et qu'on se transmet de génération en génération. Le jeune homme était vêtu d'un jean bleu délavé et d'une chemise à carreaux tout aussi bleue et ordinaire. Il rattrapa *in extremis* de Maizieux et de la Barre au moment où les portes de l'ascenseur s'ouvraient devant eux. D'un bond il les devança. Il pénétra le premier à l'intérieur de la cabine avant d'appuyer sur le bouton du rez-de-chaussée.

— Quel étage ?

— Deuxième sous-sol, le parking.

Gaétan lui avait jeté un regard courroucé en même temps qu'il répondait. Les gens de nos jours sont d'une impolitesse consternante... Si lui-même n'était guère plus âgé que ce grossier personnage, il se sentait à des années-lumière de lui et de son cartable en cuir craquelé et miteux.

La cabine entama la descente. 6, 5, 4, 3, 2, 1, 0... Le garçon sortit.

— Au revoir.

Pas de réponse des deux occupants restés à l'intérieur tandis que les portes se refermaient sur eux. Dans le hall d'entrée, le jeune homme avait auparavant repéré les escaliers de secours qui permettaient de monter ou de descendre dans les étages. Il s'y précipita.

Parvenu au deuxième sous-sol, Poux de Maizieux quitta la cabine, suivi de Gaétan. Le parking s'illumina. Le dispositif automatique, grâce à son optique de détection avec capteur double, déclencha les rampes successives d'éclairage. Une lumière artificielle inonda les box de stationnement. Gaétan tendit un bras et actionna la télécommande de déverrouillage de la Mercedes garée un peu plus loin. Les feux de position de la voiture clignotèrent, accompagnés par deux coups d'avertisseur. Les deux hommes s'acheminaient vers le véhicule quand, brusquement, Poux de Maizieux s'arrêta.

« C'est pas vrai, ou ai-je la tête ? J'ai oublié mon dossier là-haut. Gaétan, vous voulez bien remonter le chercher ? Il doit être resté sur la table, à la place que j'occupais... »

Morizet de la Barre acquiesça.

« Merci, Gaétan, je vous attends à la voiture. »

Ils se séparèrent. De la Barre retourna sur ses pas. JPM repartit en direction de la berline.

Le jeune homme en jean et chemise parvint au deuxième sous-sol au moment où les deux autres quittaient la cabine d'ascenseur. Il entrouvrit la porte battante de communication, le souffle court. Le mascaret d'une sueur froide se répandit sur son front. *Les voilà*, pensa-t-il. Sur sa droite, à une quinzaine de mètres de l'endroit où il avait atterri. Problème, ils étaient deux. Il aurait dû se douter qu'un patron des patrons ne se déplaçait jamais sans son esclave de service.

L'information – l'heure, l'adresse, jusqu'à la durée prévue de la rencontre –, il l'avait trouvée presque par hasard. Il surfait sur le Net et avait tapé dans la barre de recherche le nom de de Maizieux. Il avait fait défiler les pages, les entrées, des centaines, le pedigree du mec, sa tronche de premier de la classe, sa suffisance, son mépris hautain, un homme qui transpirait le fric et l'arrogance. Il avait éprouvé une montée d'adrénaline haineuse contre tous les nantis, les industriels embourgeoisés, gavés de frics et d'autosatisfaction, les *de-quelque-chose*, en même temps qu'il se sentait victime du système. Le jeune homme était tombé sur l'agenda de la Fédération française de water-polo qui indiquait la date et l'heure d'un rendez-vous fixées avec les sponsors du mondial à venir. Ce soir-là, il avait pris sa décision.

Maintenant, il devait régler un problème : deux hommes dans un parking quand lui était seul, caché derrière un pilier avec lequel il faisait corps. C'était loupé et il enrageait. Tout ça pour rien, merde ! Il déposa son cartable entre ses pieds et jeta un coup d'œil rapide dans l'allée. Les deux hommes s'étaient arrêtés pour discuter et, finalement, se séparer. Il n'en espérait pas tant. Celui qu'il ne connaissait pas fit demi-tour. De Maizieux continua en direction de la voiture dont ils avaient déclenché l'ouverture à distance quelques secondes plus tôt.

Le patron des patrons était satisfait de son entretien en marge de la réunion avec le pédégé de Pineapple France. Des jalons avaient été plantés, un rendez-vous pris dans un grand restaurant parisien. Une alliance serait scellée, il n'en doutait pas. De Maizieux laissa échapper un sourire de contentement. En fin de compte, cette connerie de sponsoring avait servi ses intérêts. Ainsi va la vie... Dans son dos, il entendit en sourdine la cabine de l'ascenseur remonter avec Gaétan à l'intérieur. Brave garçon. Les quelques minutes d'attente allaient lui permettre de téléphoner à sa femme. Ce soir, chez l'homoncule, il obtiendrait sans difficulté la Légion d'honneur pour le pédégé de Pineapple. Ce n'était pas cher payé pour un deal de cette ampleur. L'homuncule, il le tenait par les couilles, pas de soucis à se faire de ce côté-là.

Le jeune homme observa JPM un instant puis se pencha, ouvrit son cartable, y glissa une main, repoussa un sweat roulé en boule et saisit, cachée dessous, une feuille de boucher. À sa vue, il hésita. De combien de poupées russes était-il fait ? Allait-il reculer ? Abandonner ? Une phrase de Sartre qui l'avait frappé au cours de ses études lui revint à l'esprit. Sartre pour qui « les salauds sont (...) des gens qui mettent leur liberté à se faire reconnaître comme bons par les autres, alors qu'en réalité ils sont mauvais à cause de leur activité même. » Il se reprit. Sans perdre de temps, il s'avança, le hachoir le long de la jambe droite, plus ou moins dissimulé. Personne d'autre qu'eux deux dans le parking, une chance. Il allongea le pas et rattrapa Poux de Maizieux. Celui-ci ouvrait la portière arrière de la Mercedes.

Le patron des patrons, plongé dans ses réflexions, ne fit pas attention à l'ombre qui le rejoignait.

— Monsieur !

Jeffrey Poux de Maizieux se retourna.

— Oui ?

Ne pas se précipiter. Marcher calmement. Sortir sans donner l'impression de fuir. Cartable à la main, le voilà dans la rue. Traverser au feu rouge. Se mêler à la foule dense à cette heure. Prendre sur la droite en direction de la première bouche de métro. Ne pas oublier que les caméras de surveillance le filment. Baisser la tête. Rentrer le menton.

Cinq minutes plus tôt, avant de gagner le hall de l'immeuble par l'escalier de secours, le jeune homme avait enfilé un sweat à capuche – celui sous lequel se trouvait la feuille de boucher dans le cartable – et l'avait rabattu sur sa tête. Changer de physionomie. Brouiller les cartes. Même s'il avait évité les projections de sang sur sa chemise. Un miracle.

Vite s'engouffrer dans le métro. Passer le tourniquet après avoir composté son billet. Pas question de se servir de sa carte Navigo. Attendre deux minutes sur le quai l'arrivée de la rame. Y entrer. Dix stations plus loin, en être recraché. Grimper les marches vers la sortie. S'obliger à ralentir l'allure. Ne pas s'affoler. Ne pas attirer l'attention. Toujours les caméras. Une fois à l'extérieur, hâter le pas. Ne pas prendre un bus. Tous ont un système de vidéosurveillance embarqué. Marcher et encore marcher.

Il était parti de chez lui depuis plus de trois heures.

Croiser un bac à ordures. L'ouvrir et balancer le cartable dedans. Tant pis pour les souvenirs. Parvenir devant l'immeuble où il habitait. Descendre au sous-sol, à la cave, la numéro 27.

« Ah, Odzie ! Je sais, c'était long... »

La chienne lui avait fait la fête. Le jeune homme se sentait en sécurité maintenant. Il la caressait et l'embrassait sur la truffe. Il avait retiré son sweat, l'avait caché sous un tas de vieux livres rangés en vrac dans une armoire branlante au pied de laquelle s'était trouvé le vieux cartable abandonné. La veille, il y avait glissé en douce la feuille de boucher en revenant de promener Odzie, à qui maintenant il passait le mousqueton de la laisse dans la boucle du collier. La chienne s'était accroupie. Elle avait pissé par terre, à même le sol en béton râpeux. Il ne l'avait pas grondée - depuis le temps qu'elle patientait, la pauvre. Ensemble, ils étaient montés dans les étages et étaient entrés dans l'appartement.

— C'est nous maman !

La mère était aussitôt apparue sur son fauteuil roulant, décomposée.

— T'étais où ? Je me suis fait un sang d'encre...

Le jeune homme s'était approché. Il l'avait embrassée sur le front.

— C'est Odzie, elle s'est sauvée. Il a fallu que je parte à sa recherche. J'ai bien cru ne plus jamais la revoir...

La chienne battait de la queue. La mère l'avait gentiment engueulée.

— Vilaine fille, va !

Odzie avait pris ça pour un compliment. Elle avait jappé d'un bonheur innocent.

— J'ai voulu t'appeler mais ton téléphone a sonné dans l'entrée...

Le jeune homme avait pris une mine contrite.

— Oui, je l'ai oublié en partant.

Oublié sciemment, parce qu'assez futé pour savoir qu'avec son téléphone portable sur lui, on pouvait retracer ses déplacements. Il lisait depuis quelque temps des romans policiers et s'informait sur les affaires criminelles. Il écoutait des podcasts sur le sujet le soir avant de s'endormir. Surtout l'émission de Jacques Pradel, *Chroniques criminelles*, une mine d'or pour un apprenti meurtrier.

— Le déjeuner est prêt, mon chéri.

Sa mère avait viré de bord sur son fauteuil, direction la cuisine.

— J'ai une faim de loup !

Il était surpris de ne rien ressentir, ni regrets ni effroi, après ce qu'il venait de commettre. Il s'imaginait ambassadeur au pays du désespoir. L'image lui plaisait, elle donnait du sens à son geste.

— On mange quoi, m'man ?

CHAPITRE 8

Un homme rondouillard, court sur pattes, les cheveux filasse d'un blond peroxydé, s'avance sur le parvis de l'immeuble occupé par la chaîne télé d'infos en continu. VFN est la propriété de l'illustre capitaine d'industrie Éric-Olivier Hydrati, pédégé d'Oltis Finance. Une société de droit bélizien qui a pour principal atout de ne pas être taxée sur ses revenus mondiaux.

Une voiture de maître commandée par la chaîne attend garée le long du trottoir.

Georges-Henri Charançon vient d'accorder une interview en *prime time* au journal de 20 h 30. Une veste noire Spandex et velours damassé Black Damask Burnout, d'une taille trop étroite pour lui, boudine gentiment son estomac replet. L'entretien a eu pour animateur Hervé Cruchot, un journaliste satellitaire du pouvoir politique et de la finance régnante, bien connu pour cirer les pompes des puissants, à l'instar de la plupart des chroniqueurs et autres journaleux de l'antenne. La discussion s'est déroulée dans une ambiance détendue, presque entre copains, si ce n'est entre gens du même monde. Les questions posées n'étaient nullement inspirées d'une curiosité malsaine. Elles relevaient presque toutes de la désinformation bien comprise et de la perche tendue. Ce qu'on reprochait à Charançon ressortait du *grand-guignolesque* – oui, c'était bien le mot exact, comparable à l'*abracadabrantesque* d'un ancien président défunt. On lui cherchait des poux dans la tête parce qu'il avait organisé chez lui un dîner mondain. Il avait insisté à l'antenne sur le côté privé de la réception, où se pressait une cinquantaine de convives triés sur le volet. Des hommes et des femmes d'affaires, du spectacle, des médias, des littérateurs, un ou deux nobliaux enfarinés de modernité et une poignée de mannequines perchées sur les échasses de leurs escarpins à talons aiguilles, une flûte de champagne à la main et un sourire ravi vissé en travers du museau. Il n'en fallait pas davantage pour attirer la jet-set et la faire cracher au bassinet, soit un *dinner fee* de 650 euros par tête de pipe. Un chef étoilé de ses amis avait confectionné le menu et cuisiné des mets divins. Outre plusieurs bouteilles de Roederer Cristal Rosé 2012, des bordeaux millésimés et des digestifs liquoreux (dont un armagnac Dartigalongue 1929 à mourir) avaient été servis et bus avec délice et force claquements de langue. « En toute innocence », avait-il assuré à son interviewer docile. Sur son compte Facebook, Charançon avait posté des photos et des vidéos de la soirée. Visiblement, on ne s'y était pas ennuyé une minute. Mais voilà, le bonheur dérange. La noce chatouille les pisse-vinaigre. Le plaisir inquiète les bileux. La société devient, en toute hypocrisie assumée, puritaine. Ce n'était certes pas le reproche fallacieux d'avoir organisé cette dînette en période de pandémie en ne respectant pas les contraintes sanitaires qui soulevait la véritable désapprobation des envieux et des jaloux. Non, simplement, les « sans-dents » – l'expression n'est pas de lui mais d'un autre ancien président, de *gauche* celui-ci – n'acceptaient pas la différence ni qu'il y eût des personnalités d'un autre tonneau qu'eux. La piétaille réclame justice. Le populo dresse les barricades de sa sottise crasse et vomit la bile aigre de sa rancœur. Mais justice pour qui et pour quoi ?

Georges-Henri Charançon, face caméra, avait mis plus bas que terre ces moins-que-rien, ces extractions de fausses couches. D'abord par la dérision, mais surtout en ne s'abaissant pas à se justifier de quelque manière que ce fût. Il s'était retenu, bien que l'envie l'en démangeât, de leur balancer à la figure que les lois n'engageaient que ceux qui les respectaient. La vérité crue aurait été difficile à avaler pour les bouseux : une minorité de citoyens était au-dessus du lot simplement parce qu'il existait sur cette planète, et Dieu merci, des hommes et des femmes plus cultivés, plus riches et plus... plus remarquables que le commun des mortels. Cruchot avait été parfait sous ses airs de neutralité bienveillante. Pas une question dérangeante du genre : « Combien a coûté la soirée ? Combien ont déboursé les invités ? Pourquoi personne n'était masqué ? La distance physique a-t-elle été respectée ? »

Le journaliste avait raccompagné Charançon jusque dans le hall de l'immeuble de VFN où ils s'étaient donné l'accolade avant de se quitter.

« Pense à ma pomme la prochaine fois. Moi aussi, j'aime le champagne... »

Pusillanimité du journaliste au point de sous-entendre qu'il s'agissait d'une boutade, alors que l'appel du pied crevait les yeux. Georges-Henri avait émis un petit ricanement complice et prometteur.

« 36 rue Verveine. »

La voiture de maître s'engage dans l'avenue. Elle roule à allure modérée après s'être agrégée au flot de la circulation. Elle emporte Charançon vers son domicile. L'adresse donnée par le VIP abrite l'ancien hôtel particulier des Montenceney-

Fribourg. Charançon est propriétaire de deux étages sur six, un achat dispendieux mais nécessaire à ses ambitions. Homme d'affaires avisé, Charançon est l'unique gérant d'une société civile qui administre l'organisation d'événements mondains sis dans ses appartements aménagés luxueusement pour la circonstance.

Georges-Henri est aussi connu comme un éminent – sinon l'un des rares – *obituarophile* français. Terme récent pour désigner les collectionneurs de faire-part de décès. Il en a accumulé plus de deux mille spécimens. Il possède dans sa collection de rares faire-part d'hommes et de femmes célèbres des XVIIIe et XIXe siècles. Charançon a dans l'idée de la léguer à l'État le jour où il viendra à décéder, offrant ainsi à l'obituarophilie ses lettres de noblesse. Une pièce entière leur est dédiée à l'entrée de laquelle l'hôte a fait graver sur le linteau de la porte : *La Mort seule nous est fidèle toute la Vie.* L'endroit – les murs et le plafond sont intégralement tendus d'un tissu en chintz noir, une création exclusive de Christian Lacroix – fait l'objet de la curiosité morbidique de nombre d'invités. L'exposition, aussi singulière soit-elle, est un passage obligé bien qu'un tantinet lugubre.

— Je vous connais...

Le chauffeur jette un œil dans son rétroviseur, autant pour voir la réaction de son client que pour s'assurer qu'il a bien entendu. Ce qui est le cas et est apprécié à sa juste valeur. Charançon n'aime rien moins que la célébrité. Cette cape d'une pseudo-immortalité qui couvre les épaules de la douce chaleur de la renommée.

— Pas moi.

La plaisanterie de Georges-Henri fait s'esclaffer le chauffeur. Cent mètres plus loin, la voiture s'arrête à un feu rouge. Le moteur cesse de ronronner, coupé par le *stop and go*. Son conducteur en profite pour se retourner sur son passager.

CHAPITRE 8

– Vous savez, je trouve que vous avez raison. Je veux dire de continuer de vivre et de vous amuser.

Charançon sourit. Le feu passe au vert. Le chauffeur se remet en position et embraie.

– Vous représentez une certaine idée de la France, Monsieur.

Il n'y a rien à ajouter, et Charançon se dispense de commentaires.

Durant les quelques hectomètres qu'il leur reste à parcourir, Georges-Henri se ressouvient de son enfance. Du milieu d'où il est issu. De Balousse, un quartier de Bourgoin-Jallieu. De sa mère, d'origine italienne. De son père, employé d'assurance. De ses études qui l'ont longtemps poursuivi sans jamais le rattraper. De ses premières bonnes affaires, pas toujours légales mais juteuses. De son arrivée dans la capitale. De son entregent. De la découverte de son homosexualité. De sa rencontre avec un vieux chanteur célèbre dont il écrira la biographie. De sa participation dans une émission de télévision à grande écoute inspirée de l'américaine *Pawn Stars* et *franchouaillardisée* pour plaire à la multitude cathodique. Et, enfin, de l'achat de ce qu'il appelle « mon palais Verveine ».

– Nous y sommes presque, Monsieur. Encore une dizaine de minutes tout au plus.

Le chauffeur a coupé net le défilé mental de ses souvenirs. Charançon en profite pour se servir un verre de whisky. Le minibar en loupe d'orme de la voiture de maître laisse le choix entre un Nikka 17 ans Tsuru et un Kavalan King Car 40th Anniversary. La chaîne n'a pas lésiné sur les moyens pour lui être agréable. Georges-Henri boit le Kavalan en faisant rouler le liquide ambré sous sa langue. L'alcool lui brûle d'abord les muqueuses avant de répandre ses arômes dans la bouche irradiée par la palette capiteuse et florale du whisky – bruyère, fleur fraîche, foin et feuillage. L'ultime kilomètre avant d'arriver rue Verveine s'effectue dans une douce et planante torpeur.

La voiture de maître bifurque dans une rue transversale. Elle disparaît à l'instant où Charançon compose le code sur le boîtier électronique encastré dans la façade. La clenche émet un petit bruit sec. La lourde porte s'entrouvre. Elle donne accès sur une cour intérieure architecturale. Au centre trône une fontaine ancienne à colonne centrale, sculptée et quadrillée, qui dessert deux longs bassins rectangulaires à fines margelles. Une bouffée d'orgueil envahit Charançon. Lui, le gamin de Bourgoin-Jallieu, un ignare devenu un esthète pétri de culture, mais qui n'a jamais renié ses origines. Demain, par exemple, il participera à l'émission de radio populaire, pour ne pas dire populiste, *Les Fortes Têtes*, dont il est l'un des piliers depuis bientôt deux ans. Ce soir, il compte se coucher tôt après un dîner light et un somnifère un peu moins léger. Et surtout, dans une semaine, se prépare une nouvelle soirée. Cette fois plus intimiste et en comité fermé, à laquelle il ne fera pas de publicité. Elle réunira quatre hommes d'affaires en vue de conclure un accord de non-concurrence dans le domaine des télécommunications. Accord secret, et hors-la-loi il va s'en dire, qui mérite d'être scellé à l'abri des regards. En contrepartie, le propriétaire des lieux recevra une somme à cinq chiffres versée en paiement de son silence, de sa table et de l'inévitable visite guidée de la salle des faire-part.

The show must go on, pense-t-il, irrité par tout le tintouin fait autour de lui. Mais, à bien y réfléchir, l'affaire Charançon est une formidable publicité pour son business. Qu'a-t-il à craindre ? Pas grand-chose en vérité. Des types hautement influents ont été ses invités. De commérages en bavardages il en sait plus que quiconque sur tout ce qui compte à Paris. D'ailleurs, Georges-Henri tient un journal intime. Depuis le début de ses activités mondaines, il couche sur le papier nombre de conversations et se constitue un petit trésor de guerre. Une multitude de grenades people à fragmentation. En cas de besoin, elles représenteront une menace pour pas mal de gens célèbres ou de pouvoir.

Il fait nuit. La cour est faiblement éclairée. Il faudra un jour que les copropriétaires s'accordent pour régler le problème. Georges-Henri frissonne. A-t-il attrapé la crève ? Devrait-il prendre rendez-vous avec son généraliste ? Ou a-t-il la trouille ? Doit-il engager un garde du corps ? L'idée n'est pas aussi stupide qu'elle en a l'air si l'on songe à ce qui est arrivé quinze jours auparavant à ce pauvre Poux de Maizieux. La presse en a fait ses choux gras. On ne parlait plus que de ce fait divers et de l'horrible façon dont il a été assassiné. Un chic type, ce de Maizieux, d'après ce qu'il en sait. Il n'est jamais venu à l'une de ses soirées, mais son bras droit, si. Gaétan, un garçon charmant et bien proportionné. Ils s'étaient rencontrés trois ans plus tôt rue des Martyrs, dans le cabaret de Michou, lui-même passé *ad patres* en 2020. Ils avaient sympathisé. Plus tard, Morizet de la Barre avait soupé un soir en tête-à-tête avec Charançon au palais Verveine. Ensemble, ils avaient visionné la collection de cartoons de Tex Avery que possède en vidéos restaurées Georges-Henri. Des dessins animés qu'aujourd'hui la *cancel culture* déconseille aux enfants, les jugeant trop sexistes, trop violents, trop ceci ou trop cela. Mais dans quel monde absurde vivons-nous ! Leur second tête-à-tête avait eu lieu quelques heures après l'assassinat de son patron. Gaétan avait ressenti le besoin de se confier à Georges-Henri. Le récit de ce qu'il avait vu et vécu dans ce parking était terrifiant : Poux de Maizieux coupé en deux par le haut, un hachoir planté dans la tête et enfoncé jusqu'à la mâchoire supérieure. Une abomination qui hantait les cauchemars du malheureux Gaétan. Il lui avait fallu rapporter à la police, une, deux, trois fois, les mêmes détails odieux. Un calvaire. Charançon avait suivi l'affaire sans trop s'y intéresser. Il était surtout étonné de constater qu'au XXIe siècle, on tranchait les gens d'importance avec des sortes de fléaux d'armes de boucher dans des parkings souterrains.

Il faudra qu'il appelle Gaétan, le pauvre chou, pour prendre de ses nouvelles.

Un détail inquiète soudain Charançon. Il n'a pas entendu la porte cochère se refermer derrière lui, et il se trouve déjà fort avancé dans la cour.

« C'est quoi ce binz ? » a-t-il à peine le temps de se demander.

CHAPITRE 9

Fidèle à ses habitudes, le commandant Lacelle arrive un quart d'heure en avance. Un huissier le chaperonne jusqu'à la salle de réunion. Il s'assoit à la place qui lui est dévolue depuis la première fois qu'ils se sont rencontrés au ministère de l'Intérieur. Des blocs-notes et des crayons à papier sont disposés sur la table, ainsi que des verres et des bouteilles d'eau minérale, quatre au total, ce qui l'étonne. En principe, le débriefing ne concerne que la commissaire Viam, le directeur de cabinet du ministre et lui-même. Il a été convenu de se voir le lundi à 7 h 30 pour faire le point sur l'affaire. Nedde rend ensuite compte à Darpantin de l'avancée de l'enquête.

L'avancée ? Un bien grand mot. Les investigations sont au point mort. Qu'ont-ils à se mettre sous la dent depuis quinze jours ? Depuis que Poux de Maizieux a été haché menu ? Rien. Nib. Face à son insatisfaction grandissante, le commandant espère toujours qu'un des verrous de son intelligence sautera. Une pensée, même involontaire, le guidera sûrement à un moment où tous se croient dans l'impasse. Son équipe dispose d'une profusion de traces ADN retrouvées sur le manche de la feuille de boucher. L'assassin ne se soucie pas d'en laisser une belle quantité derrière lui et a opéré à mains nues. L'ADN ne matche pas. Le fichier national des empreintes génétiques reste muet. Idem pour les traces papillaires, l'agresseur n'est fiché nulle part. Un anonyme. Le problème se concrétionne autour de cette absence d'identité. Les relevés ne permettront de le confondre que si le meurtrier est appréhendé pour une autre raison et son ADN prélevé puis ajouté à la base de données. C'est envisageable mais foutrement aléatoire.

Qu'est-ce qui pousse un homme à commettre un crime aussi odieux ? Quel en est le mobile ? Lacelle pencherait volontiers pour un désaxé. Un fou qui passe à l'acte sous l'impulsion du besoin irrépressible de tuer. Mais pourquoi dans un parking ? Il faut y descendre, guetter une victime aléatoire et la frapper avec un... un hachoir. Que devient la notion d'impulsivité dans un tel scénario ? La théorie du commandant ne tient pas la route. Il le sait à défaut de s'y résoudre. Qui se balade dans les rues avec une feuille de boucher sans une idée derrière la tête ? De Maizieux a-t-il été la cible ou la proie d'un malheureux hasard ? Si on le visait lui en particulier, quelle en est la raison ? Le capitaine Augne et toute l'équipe ont épluché la vie de Jeffrey Poux de Maizieux. Son mandat de patron des patrons le prédisposait à faire face à de nombreux conflits, à des arbitrages et à des antagonismes plus ou moins virulents avec les syndicats. Il était réputé pour être un homme d'affaires redouté et un capitaine d'industrie sans état d'âme. On le soupçonnait d'avoir été, avec un petit nombre de ses semblables, la cheville ouvrière de l'élection à la présidence de la République du candidat de la finance. Quel rapport cela peut-il avoir avec sa fin tragique ? Une sordide histoire politique ? Est-on en droit d'imaginer une nouvelle affaire Robert Boulin ou François de Grossouvre ? La mise en scène est trop spectaculaire, contre-productive même.

Dans cette optique, on aurait plutôt simulé un suicide ou un accident.

Pour ne rien arranger et ajouter à la pression que les enquêteurs subissent déjà, les médias se sont emparés du meurtre de de Maizieux comme d'une série Netflix. L'homme fait encore plus d'audience mort que vif. Une aubaine pour la presse en général. Peut-on envisager une piste terroriste comme certains journalistes en mal de sensationnel l'avancent ? Sans revendication, difficile d'y adhérer. Une affaire de cul peut-être ? Un mari jaloux ? Un chantage qui tourne mal ? Le capitaine Augne a fouillé dans ce sens, en pure perte. Il a interrogé l'épouse, pas commode. « Une vraie chieuse. Un bouledogue en jupon. Elle affirme ne pas connaître de maîtresses à son mari. Elle m'a même défié de lui en trouver une. Genre, je suis bon qu'à fouiller dans les poubelles... » L'indignation de la femme se lisait sur son visage : « Quand aurait-il eu le temps de batifoler avec une pute ? » Elle avait dévisagé Augne comme si le capitaine s'était agi d'une merde de chien sur son passage. Sandrine Poux de Maizieux n'a d'ailleurs pas hésité à faire jouer en sous-main ses relations au plus haut niveau pour que l'enquête détermine rapidement qui a massacré son époux.

Dans les rangs du syndicat des patrons, la succession bat son plein. Poux de Maizieux gît depuis quelques heures six pieds sous terre et déjà les charognards lorgnent le poste vacant. La seule avancée notoire de ces trois derniers jours provient de Gaétan Morizet de la Barre qui s'est soudain souvenu d'un détail pour compléter sa déposition initiale.

Lacelle l'avait reçu dans son bureau du 36. L'homme avait maigri. Visiblement, toute cette histoire le travaillait au corps.

— Je ne pensais pas que c'était important...

— Le plus petit élément, même insignifiant, peut faire progresser nos recherches. Au téléphone vous disiez qu'un souvenir vous est revenu à l'esprit...

Gaétan avait expliqué qu'une fois sortis du siège de la FFWP, ils avaient repris l'ascenseur. Un type les avait devancés. Il s'était quasiment jeté à l'intérieur de la cabine et avait aussitôt appuyé sur le bouton du rez-de-chaussée avant de demander à quel étage lui et son patron se rendaient.

— Ce qui m'a contrarié, c'est son impolitesse. Mais bon, de nos jours...

— Comment était-il ?

— À peu près ma taille. Entre 20 et 25 ans. Il portait un jean bleu délavé et une chemise à carreaux de la même couleur. Des vêtements tout ce qu'il y a de plus ordinaire. Il tenait à la main un vieux cartable usé jusqu'à la corde. J'ai pensé qu'il travaillait pour l'une des sociétés qui ont leurs bureaux dans l'immeuble.

— Vous êtes certain qu'il est bien descendu au rez-de-chaussée ?

— Oui.

— Quelle heure était-il ?

— Entre 11 heures et 11 h 05, si on compte le temps qu'a mis l'ascenseur pour descendre. Je le sais parce que j'avais consulté ma montre dans le couloir en quittant les locaux de la Fédération française de water-polo.

— Vous pourriez faire un portrait détaillé de cet homme ?

— Impossible ou alors très approximatif. Avec les masques qu'on est obligés de porter à cause de ce fichu virus, comment voulez-vous vous souvenir des traits d'un type qu'on ne connaissait pas une minute plus tôt ? Et puis je l'ai vu trop peu de temps, et de dos pour l'essentiel.

Le commandant avait réuni son équipe et demandé qu'on visionnât à nouveau les vidéos en se concentrant sur un horaire compris entre 11 heures et 11 h 30. Ces vidéos avaient déjà fait l'objet d'un examen attentif sans pour autant en tirer rien de plus exploitable que le va-et-vient habituel dans les rues de la capitale. Les entrées et les sorties de l'immeuble de la FFWP et celles des bouches de métro les plus proches avaient été passées au crible. Seul résultat positif de ce second visionnage : un homme avec un cartable avait été isolé. S'il portait bien ce qui ressemblait à un jean, en revanche il était vêtu d'un sweat-shirt à capuche. Les informaticiens de la PJ avaient zoomé sur son visage. La capuche et le masque n'aidaient pas à s'en faire une idée précise. Il marchait tête baissée, ce qui ne suffisait pas à en faire un criminel. La pixélisation due à l'agrandissement rendait les images trop floues pour une exploitation optimale. Seule certitude : l'homme était de type européen. On perdait sa trace dans le métro, sur un quai. Il entrait dans une rame pour en ressortir on ne savait où. Problème : il avait quitté les lieux à 11 h 28 et pas à cinq ou dix voire quinze comme il aurait été logique selon les indications de temps données par de la Barre. Deux hypothèses : soit Gaétan se trompait d'horaire, soit l'homme avait eu un imprévu ou un dessein particulier qui l'avait retardé, comme par exemple commettre un meurtre et remonter du parking par les escaliers de service jusqu'au rez-de-chaussée plutôt que de se risquer à prendre l'ascenseur.

C'était mieux que rien, et aussi ce que le commandant offrira ce matin en pâture à Nedde et à Viam – qui n'est pas au courant de la nouvelle audition de de la Barre, bien qu'ils se téléphonent chaque jour. Lacelle préfère distiller les informations au compte-gouttes, dans l'intention première de ne pas passer pour un con si elles s'avèrent obsolètes, mais surtout pour garder la main et ne pas être qu'un simple rouage de la machinerie. Ni lui ni Bugeat n'ont digéré d'être placés sous la tutelle du ministère. Le pouvoir exécutif les surveille-t-il ? Pire, s'apprête-t-il à les censurer au cas où leur enquête irait dans un sens qui déplairait ? Dans ses rapports téléphoniques, Lacelle résume en quelques mots l'évolution des recherches, et les appels sont d'une brièveté confondante. La commissaire se montre réservée et d'une sécheresse rébarbative. Les formules de politesse sont réduites à leur plus simple expression. Viam n'est pas causante, pour ne pas dire mutique. Que fait-elle à ce poste ? Elle n'a pas le bon profil, encore moins l'expérience souhaitée. Lacelle la soupçonne d'un piston quelconque, peut-être même une coucherie. Mais qui aurait envie de se taper un frigidaire ?

Seul dans la salle de réunion à attendre qu'on le rejoigne, Eymoutiers lui manque. Nathalie lui manque. La Vienne lui manque. Pour son dernier séjour en Limousin, il a roulé de nuit pour rentrer à Paris afin de rester plus longtemps dans la cité pelaude et en profiter au maximum. Il n'y remettra pas les pieds avant un sacré bout de temps. L'affaire de Maizieux en cours va sans aucun doute le retenir à la Crim'.

Jusqu'à présent, sa carrière a prévalu sur sa vie privée. Il a éprouvé un besoin quasi animal d'être là où il pensait que l'histoire, la sienne, se bâtissait. Son travail de flic le passionnait. Il a négligé sans état d'âme son épouse, ses amis et lui-même pour se concentrer sur sa mission. S'il ne regrette pas ces années, il estime aujourd'hui ne pas avoir compris que l'essentiel d'une vie d'homme se trouve ailleurs que dans son labeur quotidien. Quarante années durant, il a mis en avant les vertus du travail et de la réussite sociale. Ce qui n'est pas sans conséquence quand il en fait le bilan comptable et s'aperçoit que la valeur d'un homme ne s'évalue pas à sa position dans la société. Le jugement et le regard de ses semblables ont été les mètres étalons de son existence. Lui qui plongeait à longueur de journée ses mains dans la pâte humaine n'a jamais vraiment pris conscience que l'humain est une notion beaucoup plus complexe qu'il ne pensait.

Lacelle a hâte de rejoindre Nathalie à Eymoutiers. Hâte de cultiver son jardin dans tous les sens du terme. Hâte *d'être*, après avoir passé son existence à prouver aux autres qu'il *était*. Ne plus vivre au passé mais à l'avenir. Peupler son existence d'espaces bancs où se logera l'indicible raison d'être. S'il lui est impossible de le formuler clairement, son instinct ne le trompe pas. Il se le doit d'abord à lui-même pour ne pas un jour risquer de reconnaître que son éphémère passage sur terre n'aura été qu'une absurdité.

La porte de la salle de réunion s'ouvre. Le directeur de cabinet entre, suivi par la commissaire Viam et par une femme inconnue. La cinquantaine, tailleur strict gris perle et lunettes à monture d'écailles. Le commandant ne prend pas la peine de se lever. Il lance un « bonjour ! » à la cantonade auquel trois autres bonjours répondent.

CHAPITRE 10

Viam ne décolère pas. Elle doit bouleverser ses rituels. Les réunions avec Lacelle et Nedde l'obligent à se lever plus tôt le lundi et à bousculer une routine savamment orchestrée. Pour comble d'emmerdements, elle n'a pas trouvé ce matin de Vélib pour se rendre au ministère. Elle arrive avec dix minutes de retard. Dans son bureau, elle découvre le *Journal du Dimanche* de la veille ouvert à la page des faits divers. Un article décrypte sa fonction et son rôle dans l'enquête actuelle. Sa photo l'illustre, légendée par son nom et son titre. Qui a mis ce torchon en évidence sur son bureau ? Nedde, qui d'autre ? De quel droit ? Qui a permis qu'on l'exhibe, elle, aux yeux de tous, comme un pantin dont on tire les fils ? La commissaire froisse le journal entre ses mains et le jette d'un geste rageur dans la corbeille à papier.

La photographie de mauvaise qualité a été prise au téléobjectif d'une hauteur quelconque, fenêtre, balcon ou toit, devant l'immeuble de la FFWT à sa sortie de la Peugeot 508. On la voit en gros plan, immortalisée par en dessus et écrasée par l'angle de vue. À gauche de l'image, la main du capitaine Augne est tendue, qui l'invite à le rejoindre. Viam se tient dans une position grotesque, courbée en deux. Son visage est relevé. Madone extatique qui aurait abusé de sucreries. Ses joues sont gonflées. Elle soupirait de contrariété, se souvient-elle. La commissaire ferme les yeux et compte jusqu'à vingt dans l'espoir de se calmer. À peine a-t-elle terminé son décompte que le téléphone intérieur sonne. Elle décroche de mauvaise grâce :

— Viam !

— Nedde. J'arrive. J'ai besoin de vous présenter quelqu'un avant le début de la réunion.

Le dir.-de-cab. ne lui laisse pas le temps de demander des précisions. Il raccroche d'autorité. Les jambes de la commissaire fléchissent. Elle prend appui des deux mains sur son bureau pour ne pas se retrouver à quatre pattes. Le stress, dû au chamboulement de son quotidien et à l'exaspération liée à l'article du *JDD*, lui donne la nausée. Elle a l'habitude de ces malaises nerveux. Elle a appris à les dominer. Dans ces moments de confusion intense, le présent ne devrait pas exister, pas plus que le *Je*. Viam ressent à chaque fois le besoin de disparaître. D'être une idiote pour outrepasser son envahissante intelligence qui ne lui est d'aucune utilité en l'espèce. Se faire une place à l'ombre, s'y dissoudre et oublier quelques minutes l'affaire de Maizieux qui lui confisque une partie conséquente de son temps. Ainsi, les rapports journaliers et les appels de Lacelle l'accaparent et entament son énergie. La commissaire déteste le téléphone. Elle ne s'y est jamais faite, même s'il lui permet de se tenir à distance de ses interlocuteurs et de couper court à tout moment. Lors des premiers échanges, le commandant s'était efforcé de converser aimablement avec elle. La commissaire y avait mis le holà en se refermant comme une huître.

« Allez à l'essentiel, Commandant, j'ai du travail... »

Sa réflexion abrupte avait eu pour effet de stopper net toute velléité de la part du policier. Elle a par ailleurs refusé de lui confier son 06. Pas question qu'il puisse la joindre H24.

Cerise sur le gâteau, Viam se retrouve avec une affaire de mœurs délicate à gérer. Un responsable important du parti du président n'a pas hésité à envoyer des photos de son sexe en érection à une jeune stagiaire attachée parlementaire. Sans compter les propositions licencieuses qu'il lui a faites sur WhatsApp. La jeune femme, pas de chance pour le cacique, a montré ces messages à une amie, qui les a postées illico sur les réseaux sociaux. Finalement, la bite floutée du type s'est affichée en mondovision sur Insta, Snapchat et FB. La présidence est au quatrième dessous. Non pas qu'un politique montre son pénis à une jeune stagiaire, mais que ça se sache.

L'homme a d'abord nié les faits : « Ce n'est pas mon sexe (par bonheur aucun journaliste ne lui a demandé de le prouver). C'est un coup monté par l'opposition extrémiste pour me discréditer. » Devant l'évidence, il a fini par plaider l'égarement. Puis un problème de santé. Et encore un état dépressif incriminable à des tracas d'ordre familial. Les féministes s'en sont donné à cœur joie. La fameuse *opposition extrémiste* a exigé une mise en examen. Ce qu'elle a obtenu d'une juge aussitôt taxée de *passionaria gauchiste* par des satellites du parti au pouvoir. Benjamin Sussac, c'est son nom, est sorti du bureau de la juge le visage décomposé, les traits tirés et le regard hagard derrière des lunettes de premier de la classe. Accompagné de son avocat, soutenu par la présence effective de son épouse qui se tenait en retrait et semblait avoir avalé une sacrée dose d'huile de ricin, Sussac a consenti à une brève déclaration. Il s'est excusé et a réclamé le droit à l'erreur et au pardon. Ben voyons, pauv' chou. En s'éloignant, poursuivi par la meute des journalistes, il avait pris la main droite de sa femme, laissant à la gauche la possibilité de lui arracher les yeux. Une éventualité que Madame Sussac envisageait sûrement.

La commissaire piste l'affaire de près. Elle fait suivre les rapports des différents services – PJ, justice, sécurité intérieure – à Nedde. Elle est en relation avec la Chancellerie et le staff rapproché du garde des Sceaux. Son rôle se limite ni plus ni moins à celui d'un vaguemestre en période de guerre. Pas question pour le gouvernement que l'affaire rejaillisse sur lui. Sussac a été mis au vert. La stagiaire a subi de fortes pressions pour retirer la plainte qu'elle avait portée contre lui. Les féministes ont de leur côté initié un hashtag de circonstance qui fait florès et récolte des dizaines de milliers de followers : #NousNeSuceronsPasSussac.

Nedde entre dans le bureau de la commissaire sans rien changer à ses habitudes, c'est-à-dire sans frapper et en coup de vent.

— Ah, vous êtes là !

Son œil s'égare une seconde sur la corbeille à papier.

— Vous l'avez lu ? Une bonne idée que cet article, n'est-ce pas ? C'est mieux qu'on parle de vous que de ce pauvre Sussac...

Ce pauvre Sussac ! Viam serre les dents. Elle se contente de grogner une réponse inintelligible.

— Entrez Madame Linards !

Une invitation du dir.-de-cab. qu'une inconnue met à profit pour s'avancer et venir, la main tendue, se présenter devant la commissaire.

— Lorena Linards, je suis enchantée de faire votre connaissance...

La main demeure une éternité suspendue au bout de son bras sans rencontrer son alter ego. Lorena jette un regard interrogatif à Nedde.

CHAPITRE 10

– Commissaire, Madame Linards est criminologue. Je l'ai conviée à notre réunion de ce matin avec le commandant Lacelle qui, m'a-t-on informé, est déjà là. Lorena a étudié le dossier et tous les éléments que nous avons déjà réunis afin d'esquisser un profil du meurtrier. Elle va nous le soumettre tout à l'heure.

Viam ne tend pas davantage la main. Lorena Linards la retire aussi dignement que possible en dévidant ce qui pourrait excuser sa présence.

– Je suis à la base psychanalyste de formation. Je me suis intéressée à l'analyse des phénomènes criminels il y a plus de dix ans. Aujourd'hui, je viens en aide à la police quand on me le demande.

– Et qui vous le demande ?

– Moi.

Nedde vole au secours de Lorena Linards et prend en charge une situation susceptible de s'enliser.

– Ou si vous préférez le ministre. Madame Linards est connue et respectée pour son professionnalisme et la justesse de ses analyses sociales, anthropologiques et psychologiques. Elle nous sera d'un grand apport dans l'affaire de Maizieux.

Comme du fumier sur un sol aride, se retient de dire Viam au dir.-de-cab.

La commissaire acquiesce pour la forme. Elle change de sujet comme si la femme en face d'elle, même vêtue de son déguisement de criminologue, ne présentait aucun intérêt à ses yeux.

– Vous êtes à l'origine de l'article dans le *JDD* ?

– Disons que je l'ai suggéré. Le grand public est en droit de savoir ce que nous faisons et...

– Conneries !

Viam l'interrompt, grossière comme elle peut l'être dans ses mauvais jours. Il s'ensuit un silence de catacombes.

Lorena Linards se demande si elle ne devrait pas sortir et les laisser s'étriper entre eux. De son côté, Nedde est agacé de se faire reprendre devant témoin par une commissaire qui commence à lui courir sur le haricot.

— Bon. Nous y reviendrons plus tard, ce n'est pas l'objet du jour.

— Justement, à propos d'ordre du jour...

Viam ouvre l'un des dossiers qui encombrent sa table de travail.

— ... puisque vous souhaitez parler d'une d'actualité brûlante...

Elle informe le dir.-de-cab. qu'une deuxième femme vient de porter plainte contre Sussac, une ancienne militante du parti. Elle l'accuse de l'avoir contrainte à pratiquer une fellation dans des toilettes.

— On propose un article sur ce sujet au *JDD* ?

Sans prendre la peine de relever la pique, Nedde saisit le coude de Lorena Linards, l'entraîne à sa suite et lance pardessus son épaule :

— Dans deux minutes en salle de réunion, Commissaire !

CHAPITRE 11

– Voici les conclusions de mon étude de cas, Messieurs. Sans préjuger, n'est-ce pas, des résultats forensiques de l'enquête scientifique proprement dite. Cette synthèse n'a pour objectif que de les compléter du point de vue de la psychologie de la personne recherchée.

En omettant le « Madame », Lorena Linards snobe volontairement la commissaire.

– Voici donc. Première constatation : cette personne est sans nul doute en colère. Elle est intelligente, *a minima* dans la moyenne. Elle en veut à la terre entière. Elle a subi un choc émotionnel. Elle vit seule ou avec un parent isolé. Un frère, une sœur, un père, une mère, voire un ami. Elle est frustrée. Jeune, moins de 40 ans. Elle a subi le contrecoup de la crise sanitaire d'une manière ou d'une autre. Elle se sent injustement victime d'un quelconque dérèglement dans sa vie. Elle veut se venger et n'a de possibilité pour faire entendre sa détresse qu'une violence brutale et spectaculaire. Je ne pense pas qu'elle connaissait la victime ni, pourtant, qu'elle ait frappé au hasard. Le problème à résoudre est de savoir pourquoi de Maizieux et pas un autre.

Quand nous le saurons, nous aurons fait un grand pas vers la solution du problème.

Lorena Linards achève sur ces mots son analyse qu'elle présente depuis une vingtaine de minutes sous la bienveillance attentive du directeur de cabinet, après avoir fait un long préambule d'introduction à sa méthode. Le commandant, quant à lui, ne s'est pas montré plus cordial que la commissaire Viam. Les psycho-criminologues, ou *profilers* comme les appellent les Américains, ne sont franchement pas sa tasse de thé. Au mieux, ils baragouinent des conclusions équivoques. Au pire, ils polluent l'enquête de leur pseudo-savoir. Lacelle doit faire un effort pour ne pas paraître plus désagréable que de nature.

— Pas de revendications. Pas de suspect. Pas de mobile. Mes hommes sont bredouilles. Si le gars ne recommence pas en se découvrant davantage, ce que dans l'absolu je ne souhaite bien sûr pas, nous aurons beaucoup de difficultés à lui mettre la main dessus.

— Qui vous dit que c'est un homme ?

— Eh bien, Madame Linards, nous supposons que...

Lacelle n'a pas le temps d'aller plus avant.

— Vous avez raison : c'en est un.

La profileuse se fend d'un sourire victorieux qui éclabousse le commandant de condescendance.

— Rien, dans le déroulé de l'agression, n'est le fait d'une femme. D'abord la procédure : un hachoir. Le lieu ensuite : un parking sous-terrain. Et enfin : la violence extrême qui ne semble pas être l'apanage de ce sexe. Sauf parfois sous le coup de la passion. Mais ce n'est pas le cas ici.

« Blablabla blabla... »

Viam a murmuré pour elle-même. Trop fort pour qu'on ne l'entende pas. Nedde la gratifie d'un regard polaire. Lacelle en profite pour enchaîner. Il peut enfin parler de la révélation de Gaétan Morizet de la Barre, de l'homme à la capuche et au cartable et des recherches en cours dans ce sens. Ils n'ont pas d'autres pistes à se mettre sous la dent. Si Viam s'intéresse à cette nouvelle, les deux autres écoutent poliment mais ne sont pas très convaincus.

– Cette identification me semble trop floue, Commandant. Vous risquez de perdre un temps considérable à courir après une vague silhouette.

La remarque désinvolte du dir.-de-cab. aurait de quoi l'agacer, mais Lacelle préfère porter le coup sous couvert d'ironie.

– Évidemment, je ne suis pas devin. Pardon, profileur... J'ai juste plus de vingt ans d'ancienneté à la Crim'.

Lorena Linards ne relève pas. Nedde consulte sa montre. Viam a cessé de s'intéresser à leurs passes d'armes. Elle se récite en boucle le théorème de Riesz afin de se soustraire à l'ambiance délétère qui pèse dans la salle de réunion : « $\forall \ell \in H^*, \exists ! \eta\ell \in H$ tel que $\forall \psi \in H, \ell(\psi) = \langle \eta\ell | \psi \rangle$ »

Quand ils se séparent, après qu'il a précisé, à bon entendeur salut, qu'à compter de ce jour Lorena Linards fait partie intégrante de l'enquête, Nedde prend Viam à part.

– Ne recommencez plus votre petit cinéma en public avec moi. Vos "blablabla", vous les gardez pour vous. Je vous rappelle que vous êtes sous mes ordres. Ou bien...

Il laisse planer sa menace sans la préciser davantage. La commissaire ne se démonte pas.

– ... ou bien ?

– Ou bien vous retournez à la circulation.

Une expression surannée au point d'en être d'un ridicule achevé, mais qui révulse Viam.

– *Bull shit* !

Une rafale de postillons atteint Nedde au visage. La commissaire fait demi-tour. Elle le plante sur place, abasourdi par sa réaction.

Par bonheur, ne peut se retenir de penser Nedde, *elle ne porte pas son arme de service sur elle*. Une seule expérience de ce genre dans sa carrière lui suffit. Il n'en avait pas dormi de la nuit, à la fois d'une peur rétrospective, mais aussi à cause de son manque manifeste de courage. Il aurait dû virer cette folle sur-le-champ. Le risque qu'on lui reproche ses empressements était trop grand et pouvait nuire à ses ambitions futures. Sa secrétaire l'avait regardé de travers toute une semaine. Un moindre mal.

Réintégrant son bureau, Viam est étonnée d'y retrouver le commandant.

– Vous en pensez quoi ?

Elle referme la porte avant de demander une explication.

– De quoi ?

– De cette Linards, bien sûr.

– Absolument rien.

La commissaire s'assoit.

– Autre chose ?

Le ton est sec. Viam n'attend visiblement pas de réponse. Lacelle se rapproche, met les deux mains à plat sur le bureau et se penche sur elle.

– Vous êtes née comme ça ou vous êtes devenue comme ça ?

Il la fusille du regard, maîtrisant mal sa colère. La commissaire se hérisse.

– Sortez !

Un aboiement. Lacelle se redresse. Il la fixe encore quelques secondes et s'en va.

– Vous devez être née comme ça.

Quelques pas, et :

– À chacun de choisir son désert...

C'est dit sans aigreur, une simple constatation. Le commandant quitte le bureau en laissant la porte grande ouverte derrière lui.

CHAPITRE 12

Le carton est posé sur un fauteuil du salon. Plus la peine de le cacher dans ma chambre sous mon lit.

Assis à la table de la cuisine, je m'escrime à écrire le énième brouillon d'une lettre adressée à une femme dont j'ai décidé de faire ma confidente privilégiée. J'ai l'intention de lui confier le ras-le-bol qui a coupé le fil d'une existence à perpétuité. Aujourd'hui, même si je ne suis rien, je n'ai plus la patience d'attendre qu'on me fasse l'aumône de ma vie. Je suis, donc je prends. Je taperai plus tard la lettre à l'ordinateur, une fois que j'aurai trouvé les mots justes. En attendant, j'écris, je déchire, je recommence, je raye, j'écris, j'arrête, découragé. Je vais sortir Odzie pour prendre l'air et me détendre un tant soit peu. Il est minuit. Ce sera juste un petit tour du pâté de maison.

La pauvre bête ne comprend pas cette soudaine disparition. Quand nous rentrons, un quart d'heure plus tard, la chienne cherche dans toutes les pièces. Elle reste une éternité dans la chambre de maman à renifler partout son odeur. Hier, elle a passé la journée dans son fauteuil roulant. Impossible de l'en déloger, elle me grognait dessus. Je n'ai pas insisté. Odzie ne joue pas la comédie. Elle ne se prête à aucune bouffonnerie. Elle est malheureuse comme peut l'être un animal, davantage qu'un humain. Que moi, qui pressens que le fait même d'exister ne rime à rien.

Je reprends mon début de lettre qui n'est pas si mauvais. Je n'ai jamais été très doué en français. Au lycée, je collectionnais les notes en dessous de la moyenne. Maman s'arrachait les cheveux.

« Le français, c'est la base. »

Elle ne cessait de me le répéter.

« La base, je te dis. *Ce que l'on conçoit bien s'énonce clairement.* C'est de Boileau, mon chéri, pas de moi. Tu dois te le rentrer dans la tête une bonne fois pour toutes. »

À quoi lui sert son Boileau maintenant ?

J'hésite sur la manière de présenter la suite, les raisons de la lettre et du choix de sa destinataire. Je cale, me lève et me rends au salon. Le carton... Je les ai laissés à l'intérieur. Il en reste deux. Si besoin, j'en recommanderai. J'en prends un, le soulève et l'agite sous mon nez. Il est lourd, brillant, neuf. Il suffirait d'un faux mouvement, d'une mauvaise pensée, d'un désespoir sans issue... mais non, je le replace dans son emballage d'origine. Je tremble. Pas de peur, de rage.

J'ai balancé mon téléphone portable dans une bouche d'égout après avoir retiré la carte SIM que j'ai découpée et jetée dans les toilettes. J'ai tiré la chasse d'eau plusieurs fois jusqu'à ce que tous les morceaux disparaissent. J'en ai un nouveau, jetable et intraçable. Il ne devrait servir qu'une fois. Pour que la femme à qui j'écris puisse m'appeler. Ensuite, ce sera poubelle. J'ai activé le 07. En *post-scriptum*, en bas de la lettre, j'écrirai le numéro complet. D'ici-là, il faut que je décide d'un lieu où nous rencontrer. Quelque part en banlieue me semble l'idéal. Il y a toujours des immeubles en construction et des chantiers à ciel ouvert. Ça se passera de nuit, avec l'avantage d'être moins repérable, le temps de s'assurer qu'il n'y a aucun risque. Je choisirai un espace dégagé avec plusieurs solutions de fuite. Si je me fais des idées, si elle n'accepte pas ou me tend un piège, tant pis pour moi.

J'ai besoin de parler, d'expliquer, de me justifier, surtout pas de m'excuser. La frontière est ténue. Je ne voudrais pas qu'elle se méprenne sur mes intentions. Il paraît qu'il n'y a plus d'homme à tuer, que le discours est global, l'assujettissement universalisé, qu'il ne sert à rien de s'en prendre à une seule personne. Le monde serait dirigé par une bande de mercenaires qui tirerait les ficelles de fantoches comme moi. Et alors quoi ? Abdiquer ? Se rendre complice et se satisfaire de cette merde dont on nous recouvre ? Comment vivent les autres ? Comment y arrivent-ils sans se vomir eux-mêmes ? J'ai 20 ans et je me sens si vieux, si usé déjà. Elle croira que je suis fou parce que ce sera plus commode pour elle. Pour eux. Quelle importance ? Pourquoi l'avoir choisie ? Le hasard. Je pourrais tout aussi bien envoyer une lettre de revendications aux journaux et en faire la une. Il y aurait des commentaires. On dévoierait ma parole, l'amoindrirait et la ridiculiserait pour l'isoler. Non, j'ai besoin d'un contact physique pour donner chair à mon *insurrection*, puisque c'est ainsi que je l'appelle maintenant. Je ne me fais pas trop d'illusion sur sa finalité, mais j'irai jusqu'au bout. Pas question de me tenir à la marge, je veux être la part d'ombre qui donne du sens à la lumière. Qui éblouit même. On dira que ce sont les actes d'un malade. Et alors ? Peut-être suis-je malade, mais pas de moi. De la société qui marche sur la tête, nous torture, fait des nous des pions interchangeables et nous esclavagise *pour notre bien.*

J'y suis presque. Je me relis une dernière fois. Il me reste à trouver une formule de politesse. Non ! Pas d'hypocrisie. Je laisse tomber les salamalecs. J'ajoute dans le *post-scriptum*, en plus de mon numéro de téléphone, un détail dont la presse n'a jamais parlé. Je suis le seul à le connaître avec les enquêteurs. Il ne faudrait pas qu'elle croie à une plaisanterie. Je suppose que des tarés ne se privent pas d'écrire aux flics en s'accusant ou en dénonçant leur voisin.

Le type avait des chaussettes de couleur rose.

Lundi soir dernier, il était tard, quelque chose comme 22 heures passées. Je ne dormais pas encore. Dans ma chambre, je collais des articles de presse dans un cahier à spirales. Ils se faisaient plus rares. L'actualité était ailleurs, à la crise sanitaire, aux variants du virus, au dernier match de l'équipe de France de football, aux habituelles conneries en somme. Mon type avait rétrogradé de la une en pages intérieures. L'enquête suivait son cours. Qu'elle le suive, bordel ! Plus les jours s'écoulaient, plus je me sentais légitime. J'étais étonné que personne avant moi n'ait réagi. Surpris que nous soyons un troupeau mené à l'abattoir sans résistance ni révolte, quand bien même la vie se situe de plain-pied. Ai-je raison ? Je ne me pose pas la question. Il s'agit de justice. Ça ne peut plus durer, l'exploitation, la soumission, l'aliénation permanente. *Qui sème la misère, récolte la colère*, je l'ai lu quelque part. C'est exactement ça, et je ne fais que mettre en pratique ce slogan.

Je collais les articles de presse quand j'ai entendu Odzie aboyer, puis geindre, comme si elle souffrait d'un besoin urgent de sortir. Ça lui arrive parfois. Elle est bien éduquée. Pour rien au monde elle ne ferait ses petites affaires dans l'appartement.

« J'arrive ! »

Je pensais la trouver dans l'entrée, virevoltant sur elle-même, impatiente, la truffe en l'air. Elle n'y était pas. Au salon non plus. Elle a de nouveau jappé avant de réitérer sa longue et déchirante plainte. Un appel au secours. Je me suis précipité dans la chambre de maman. Odzie était assise au pied du lit, une patte sur le matelas. Elle m'a regardé. J'aurais juré que ses yeux m'imploraient. Maman avait repoussé la couverture sur sa poitrine, comme pour se donner de l'air. Elle respirait difficilement. Ça ronflait fort dans sa poitrine. Sa cage thoracique se soulevait par à-coups.

L'avant-vieille j'avais appelé SOS Médecins. Elle se plaignait d'avoir attrapé une angine. Le toubib avait mis un temps fou à arriver. Après qu'il l'avait auscultée, nous nous étions retrouvés dans le salon, lui et moi.

– Votre mère, sa SLA...

Il avait les yeux cernés de celui qui n'a pas dormi depuis des lustres.

– Vous voulez un café ?

– Non merci, ça ira.

Il avait sorti un ordonnancier de sa sacoche et commencé à remplir une feuille à en-tête avec son écriture en pattes de mouche.

– Votre mère a de la fièvre.

Il parlait et écrivait en même temps. Son stylo dessinait des hiéroglyphes sur le papier.

– Une bronchite virale ce n'est pas grave en soi mais, avec la SLA, il faut veiller à ce que ça ne tourne pas en pneumonie. Je lui prescris des antipyrétiques pour atténuer la fièvre ainsi qu'un antitussif qu'elle prendra trois fois par jour. Elle doit garder le lit, se reposer et boire beaucoup d'eau. Vous la surveillez de près. Si la fièvre augmente ou si elle vient à avoir des problèmes respiratoires plus aigus, vous appelez le Samu.

Deux jours plus tard, Odzie gémissait à son chevet et j'accourais.

« Maman ! Maman ! »

Elle avait entrouvert les yeux en m'entendant entrer dans sa chambre.

« Tu as mal où ? »

Sa respiration catarrheuse m'affolait. Elle ne pouvait plus parler.

« J'appelle le Samu, maman, reste là. »

Quel idiot, comme si elle avait pu se lever et filer en douce !

J'ai remonté la couverture sur elle. Odzie n'a pas retiré sa patte du matelas jusqu'à ce qu'ils arrivent. Il a fallu que je l'enferme dans la buanderie. Jamais elle ne leur aurait permis d'emporter sa maîtresse.

À l'hôpital, aux urgences, la salle d'attente était bondée. Ça râlait pas mal à cause du temps d'attente avant d'être pris en charge. Durant la pandémie, la grande braderie suivait son cours. Des lits étaient supprimés malgré les dénégations du gouvernement. Le manque de personnel soignant n'avait d'égal que l'augmentation significative des forces de l'ordre. Les priorités allaient à la matraque plutôt qu'à la seringue.

Un homme rouscaillait parce qu'il poireautait depuis plus de trois heures. Il menaçait de tout casser si on ne s'occupait pas de lui. De vaines paroles. Lui non plus ne passerait jamais à l'acte, encore trop à perdre pour se révolter *en vrai*.

Ils ont emporté maman sur un brancard. Dans la salle d'attente, au mur, une télé, le son coupé, retransmettait les images d'une chaîne d'info en continu. À un moment donné, il y a eu la rediffusion dans un zapping d'une partie de l'interview de Charançon. Je l'avais vue en direct et dans son intégralité quelques jours plus tôt. Sur le Net, j'avais collecté tout un tas d'infos sur ce mec. Je savais où il habitait, dans son fameux palais Verveine. Un parasite du système au-dessus des lois, au-dessus de nous, qui se gobergeait. J'avais l'impression qu'il s'adressait directement à moi.

CHAPITRE 12

Il se foutait de ma gueule, me défiait en personne. Je me souviens l'avoir insulté à voix haute, même s'il ne pouvait pas m'entendre. Je pensais que nous finirions par ressembler à cet homme. Nous ne méritions pas mieux et cette idée me déprimait. Charançon faisait le clown, se caricaturait dans le but affiché de paraître inoffensif. Une espèce de bouffon du roi, un intouchable. Cette tique était le produit dérivé de la classe dominante qui avait jeté maman à la rue et était responsable de sa SLA. Je le haïssais. Dans la salle d'attente je serrais les dents pour ne pas le couvrir d'insultes. Par la suite, j'ai dû m'assoupir quelques minutes. Dans un demi-sommeil, j'ai entendu mon nom. Quelqu'un m'appelait. J'ai sursauté et me suis levé d'un bond.

– C'est moi !

Un homme en blouse blanche s'est approché. Sans se présenter – son badge épinglé sur sa poitrine semblait suffire –, il s'est adressé à moi comme à un problème à régler.

– Nous allons garder votre mère en soins intensifs. Elle souffre d'une pneumonie.

Il a marqué une pause et a levé les yeux pour la première fois. Il m'a toisé et n'a pu empêcher une petite moue teinter ses lèvres de dégoût.

– Vous auriez dû venir plus tôt...

J'ai bien cru que j'allais le frapper. Qui l'autorisait à me culpabiliser ainsi ? Ma jeunesse ? Ma détresse ? Je me suis retenu de justesse de lui en coller une.

– Nous l'avons placée sous ventilation assistée. Nous faisons notre possible pour combattre l'infection.

Il parlait comme un robot, sans compassion. Je me suis senti stupide. Un sous-homme, un benêt à qui on fait la leçon. Un pauvre type, quoi. À 20 ans !

– C'est grave ?

Question idiote. Il m'a jeté un regard consterné comme si je venais de pisser sur ses pompes.

— C'est suffisamment inquiétant pour qu'on la garde sous surveillance le temps qu'il faudra. Rentrez chez vous, nous vous contacterons...

Il a fait demi-tour et a franchi la porte à double battant sur laquelle était écrit : **PERSONNEL UNIQUEMENT**. L'hôpital est le reflet de la société. Il y a les initiés et la majorité des autres, ceux qui restent sur le seuil et subissent. J'ai entendu les semelles de crêpe de ses chaussures grincer sur le lino, un bruit décroissant, et puis plus rien.

Le lendemain, le téléphone a sonné. J'ai su avant même de prendre l'appel. Je ne saurais pas l'expliquer, mais je savais. Quand j'ai raccroché, je ne pleurais pas. J'étais sec, haineux et révolté.

Une petite semaine s'est écoulée depuis. J'ai terminé mon brouillon. Il m'a fallu des heures. Je vais taper cette lettre, l'imprimer et la photocopier. J'irai dans une poste. J'en connais une qui possède encore un vieux photocopieur à pièces en self-service. Un matériel qui crache des photocopies pourries. Le but est qu'on ne puisse pas déterminer quelle imprimante j'ai utilisée. Je ne sais pas si c'est efficace à cent pour cent, je l'espère. Ensuite, je l'enverrai à son destinataire dont le nom m'a été offert tel un cadeau inespéré.

Lundi, en attendant aux urgences, un tas de revues et de journaux encombraient une table basse jonchée de gobelets en carton imprégnés de café dégueulasse et lardés de touillettes mâchonnées. Pour tromper l'attente, j'ai pris au hasard une poignée de magazines et de journaux. J'en ai renversé d'autres sans prendre la peine de les ramasser. Dans un journal datant de la veille, en page 6, il y avait un article sur un nouveau service au ministère de l'Intérieur qui, expliquait-il, chapeautait la police criminelle dans le cadre de l'affaire de Maizieux. Une photo prise à l'arrache l'illustrait, celle d'une femme sortant d'une voiture. Je ne sais quelle en est la raison, mais il m'est alors apparu comme une évidence que je devais la contacter, elle – peut-être simplement parce qu'elle était au cœur des investigations. Un nom légendait la photo : « Commissaire Fleur Viam ». Il était écrit qu'elle dirigeait le service qui centralisait les informations. Le journaliste précisait que l'idée venait du président lui-même. Le pouvoir, insinuait le journaliste, avait imaginé cet artifice pour contrôler les affaires touchant les personnalités en vue, sous-entendu les politiques. À l'instar d'une pointure du parti dominant, un certain Benjamin Sussac. Le type avait envoyé des photos de sa quéquette à une stagiaire ! Ce département du ministère était une espèce de filtre qui estompait davantage qu'il ne faisait la lumière. J'avais arraché et plié la page pour l'emporter. Maintenant, l'article est collé dans mon cahier à spirales.

Je n'ai pas sommeil. Depuis le décès de maman, je dors peu à cause des soucis. L'enterrement à organiser par exemple. J'ai contacté les pompes funèbres. Il faudrait que j'y passe, m'a-t-on convié il y a trois jours déjà. Je dois choisir une *formule*. Comme au restaurant ! Je n'en ai aucune envie. Ma mère n'est pas un morceau de barbaque à accommoder selon une recette. Je ne l'ai pas revue, maman. Je l'imagine dans une chambre froide à la morgue de l'hôpital. Dans un casier numéroté qu'on tire pour faire glisser, un drap blanc étalé sur elle, une étiquette avec son nom accroché à un gros orteil, comme dans les fictions à la télé ou dans les films de série Z. Je lui fais un peu de cinéma, à maman. Pour une fois qu'elle est la vedette... Je refuse de la voir dans cet état. Ce n'est plus elle, juste son enveloppe corporelle.

J'ai pris une décision radicale, je vais disparaître. Prendre tout l'argent que je peux retirer en liquide et me fondre dans l'anonymat. Ne me reste qu'à résoudre le problème de la chienne.

« Allez, viens Odzie, on va se promener ! On va faire une longue virée de nuit pour se faire nos adieux. Tu es contente, hein, Odzie ? »

Jusqu'au petit matin...

Oui, jusqu'au petit matin.

CHAPITRE 13

La pièce est plongée dans une relative pénombre. Charançon discerne en ombre chinoise le profil de celui qui sommeille à ses côtés. D'une main, il caresse ses cheveux en prenant soin de ne pas le réveiller. La veille, ils ont fait l'amour. Ses doigts frôlent la nuque du dormeur. Le sexe pour Georges-Henri est la chose la plus désirable au monde. Mais la plus dégoûtante aussi quand, avec la lucidité d'un amant, il devine que l'acte sexuel annule le choix et met en péril le bonheur simple d'être aimé.

La couverture remonte jusqu'à la pointe du menton de l'homme. Charançon la repousse de quelques centimètres. Une infime partie de l'épaule droite est dégagée. La peau ivoirine se révèle dans toute sa laiteuse splendeur. Georges-Henri s'immole dans la contemplation providentielle de cette rotondité charnue, avant de s'extirper avec précaution du lit. Ce passage de la position allongée à la position assise, cette gymnastique de sablier, lui tourne la tête. Il patiente quelques secondes avant d'enfiler ses chaussons et de sortir en catimini de la chambre.

Depuis qu'il a perdu son travail, son compagnon s'octroie de longues grasses matinées en s'abîmant dans un sommeil réparateur. Charançon, quant à lui, ne s'éternise pas au lit quelle que soit l'heure à laquelle il s'est couché. Après être passé aux toilettes, il se rend dans la cuisine pour préparer du café. Une mouture exceptionnelle, du Kopi Luwak d'Indonésie qu'il achète par kilos à un prix exorbitant chez Verlet rue Saint-Honoré. Le seul nectar susceptible de lui donner le coup de fouet dont il a besoin au réveil. Vêtu d'une robe de chambre en soie, Charançon vaque à ses occupations en se remémorant pour la énième fois la peur qu'il a eue quelques jours auparavant en rentrant de VFN TV après son interview.

Charançon avait senti une présence humaine dans son dos. La lourde porte cochère de l'immeuble n'avait pas fait le bruit habituel en se refermant, ce qui l'avait inquiété. Il avait eu l'impression qu'on l'observait. Georges-Henri s'était retourné, prêt à affronter l'intrus. *Au pire, je hurle à l'aide*, avait-il pensé. Et, tout de suite après : *Si je meurs, là, maintenant, seuls les autres s'en aviseront* – une réflexion surréaliste qui l'avait étrangement réconforté. Il avait été soulagé en reconnaissant l'homme. Gaétan Morizet de la Barre se tenait dans l'encadrement de la porte.

– C'est toi !

– Oui. Je peux ?

– Bien sûr, entre. Qu'est-ce qui se passe ?

– Sandrine Poux de Maizieux m'a renvoyé...

Gaétan avait grimacé, au bord des larmes.

– Je n'arrête pas de revoir Jeffrey dans la voiture, le... la tête ouverte. Je vis un cauchemar permanent, Georges-Henri.

De la Barre avait éclaté en sanglots. Mon Dieu qu'il était beau le visage baigné de larmes ! Charançon l'avait pris dans ses bras pour le consoler.

CHAPITRE 13

– Allez, suis-moi, on va prendre un verre et tu me raconteras.

Cette nuit-là, ils ne fermèrent pas l'œil. Gaétan ne cessa de soliloquer, en particulier sur *cette salope* de Sandrine Poux de Maizieux. Elle lui reprochait la mort de son mari, comme si l'horreur de l'avoir trouvé dans le parking, un hachoir enfoncé dans le crâne, ne suffisait pas. La Poux l'accusait de ne pas l'avoir protégé, de l'avoir laissé se faire massacrer. Il s'était défendu et avait protesté de son innocence. Elle savait combien il était attaché au service de son mari, mais elle n'avait rien voulu entendre.

Georges-Henri servait whisky sur whisky. À l'aube, tous les deux étaient ivres au dernier degré. Gaétan dormait allongé de tout son long sur la moquette. Un filet de bave lui empoissait la joue. Charançon s'était réveillé tout habillé sur le canapé. Titubant jusqu'à la cuisine, il avait pissé dans l'évier, ne pouvant se permettre d'aller jusqu'aux toilettes tellement sa vessie pleine le faisait souffrir. Il avait fait couler de l'eau du robinet pour rincer la flaque d'urine. Le bruit infernal du jet sur l'inox lui avait été plus pénible qu'un concert des Tambours du Bronx. Sa tête bourdonnait. Ses tempes menaçaient d'exploser. Après avoir avalé deux aspirines, il était descendu acheter des croissants frais. Au coin de la rue Verveine et de la rue d'Hautain se trouvait une petite boulangerie artisanale, une véritable bénédiction dans ce quartier. On y vendait les meilleures viennoiseries de Paris. En rentrant, Charançon avait déposé les croissants sur un plateau japonais en bois laqué datant de 1910, décoré de cerisiers en fleurs, de pousses de pin, de bambous, de tortues d'eau et d'une grue en vol au-dessus d'une rivière. Il l'avait acquis pour un prix extravagant à l'occasion d'une vente aux enchères chez Drouot. Georges-Henri avait préparé le café. Bientôt, son arôme se diffusait avec bonheur dans la cuisine. Il avait enfin réveillé Gaétan qui souffrait d'une gueule de bois carabinée.

« Tiens, avale, ça va te remettre d'aplomb. J'ai acheté des croissants. Il faut que tu manges sinon tu ne tiendras pas longtemps debout. »

Dix minutes plus tard, Morizet de la Barre vomissait, la tête penchée au-dessus des toilettes. Charançon lui soutenait le front.

À compter de ce jour, Gaétan n'avait plus quitté le palais Verveine, devenant l'amant attitré du propriétaire des lieux. Le rituel des croissants se répétait chaque matin, tel un talisman qui les liait et préservait leurs amours naissantes du mauvais sort.

Georges-Henri verse le café dans un thermos isotherme. Ce soir aura lieu le dîner. Les quatre hommes d'affaires prévoient de conclure un accord commercial occulte. Charançon est contrarié. Il a proposé à Gaétan de se réfugier dans leur chambre et celui-ci a fait une crise.

— Tu me caches ! Tu as honte, je suis indésirable, c'est ça ?

Georges-Henri a tenté de le raisonner.

— Ne dis pas de bêtises, voyons. C'est simplement que mes invités souhaitent une discrétion absolue. Tu peux comprendre ça, non ?

Gaétan n'avait pas voulu céder - et, pour l'heure, rien n'est encore arrêté.

Vingt minutes plus tard, Charançon descend les escaliers qui mènent à la cour. Il lui faut trouver un moyen de convaincre son amant de passer la soirée à l'extérieur, même s'il regimbe des quatre fers. Il a dans l'idée de lui payer un dîner dans un grand restaurant, L'Astrance par exemple. Il demandera à l'une de ses vieilles amies de lui tenir compagnie ou plutôt, pour être honnête, de le *surveiller*. Elle le retiendrait si jamais l'envie lui prenait de rentrer à l'improviste.

CHAPITRE 13

La vie en couple est une garce. Elle le tient en laisse. Seulement voilà, Charançon est tombé amoureux de cet homme, presque encore un garçon. Depuis combien d'années n'a-t-il pas éprouvé un sentiment aussi profond ? L'exercice est périlleux si l'on sait que l'amour ridiculise toujours l'expérience acquise. Georges-Henri risque une fois de plus d'y laisser des plumes.

Charançon fait une pause. Il s'assoit sur la margelle de la fontaine pour attendre l'heure d'ouverture de la boulangerie. Il est vêtu d'un jogging blanc Ralph Lauren en jersey coton mélangé sur lequel il a enfilé une veste légère en laine. Aux pieds, il porte des baskets Fred Perry d'un blanc tout aussi immaculé. Georges-Henri prend grand soin à s'habiller, même quand il s'agit d'une tenue décontractée et enfilée à la va-vite comme ce matin. Il jette un œil à sa montre. Pile 6 h 30. La boulangerie doit ouvrir. Il se lève, passe une main sur ses fesses pour en chasser d'éventuelles saletés, puis se dirige vers la porte cochère. Avant de sortir, il se retourne et pose un regard attendri sur l'étage où dort Gaétan Morizet de la Barre. Seul et sans témoin, il peut se permettre ce réflexe de midinette.

Une fois sur le trottoir, Charançon attend que la porte se referme. Il vérifie en la poussant qu'elle est bien bloquée, et s'apprête à prendre sur la gauche pour rejoindre la boulangerie.

Une voiture passe dans la rue.

Puis, c'est le silence.

CHAPITRE 14

– Goûte-moi ça...

À l'aide du couteau limousin offert par Nathalie, Lacelle découpe une part de gâteau creusois. Il le dépose avec délicatesse sur une assiette à dessert en carton.

– Tu m'en diras des nouvelles...

Il pousse l'assiette vers le capitaine Augne qui se tient debout, en face de lui, de l'autre côté de son bureau du 36.

– Le week-end dernier, nous sommes allés nous balader sur le chemin des Poètes au-dessus du lac de Vassivière. En rentrant, on est passés par Peyrat-le-Château et on a acheté trois gâteaux creusois dans la petite boulangerie du village.

Les raisons profondes de son attirance pour cette région de France échappent au commandant autant qu'elles le troublent. Voir, rencontrer, aimer ou détester, d'accord, mais pourquoi ? Peut-être parce qu'en Haute-Vienne, en Creuse, en Corrèze, dans tout le Limousin, les gens ont un vrai visage. Ici, à Paris, ils portent des masques. Au sens propre, à cause de la pandémie, mais aussi au sens figuré à cause... à cause d'un atavisme ancestral ?

— Allez, vas-y, goûte, je te dis. C'est un régal.

Son subalterne s'exécute. Lacelle se revoit en compagnie de Nathalie grimper le chemin des Poètes jusqu'aux roches Brunagères.

— Tu verrais ces dalles rocheuses avec sur le dessus les cavités en forme de sarcophage creusées, tu serais scotché mon vieux. Et puis, grimper encore jusqu'au tumulus du Puy la Besse pour profiter du panorama exceptionnel... c'est gratuit et ça n'a aucun prix, je te jure.

Le commandant change à vue d'œil. Ce n'est plus le même homme. Il se ramollit, c'est à croire qu'il est déjà ailleurs, pense Augne en entamant le creusois. Le Limousin ? Quelle drôle d'idée d'aller s'enterrer là-bas. À part l'épisode rocambolesque de Tarnac et du Comité invisible, qui en a entendu parler autrement qu'en termes péjoratifs ? Le trou du cul du monde, oui ! Lui, Didier Augne, à la retraite, il voyagera dans les îles : Canaries, Marquises, Baléares, Martinique... Il prendra des bains de mer et de soleil pour se laver de la grisaille parisienne. Pour se nettoyer de la laideur humaine à laquelle il a été confronté tout au long de sa carrière de flic. Mais il en est encore loin, de la quille, et envie secrètement son supérieur de n'avoir plus que quelques mois à tirer.

— Alors, ton avis, Didier ?

— Excellent. Un peu étouffe-chrétien, mais c'est très bon... si on aime la noisette, bien sûr.

Lacelle acquiesce. Il happe d'une seule bouchée la moitié de sa part en prenant un air ravi.

Le commandant n'a pas grand-chose à faire ce mardi matin. La veille, la réunion au ministère de l'Intérieur a été un véritable pensum. L'enquête piétine. Lorena Linards, la profileuse, était encore là, mais pour la forme, pour faire acte de présence et occuper le terrain. Elle a répété en boucle la même antienne : un solitaire, névrosé, victime de la société, etc. À son retour à la Crim', Bugeat l'a convoqué dans son bureau pour lui remonter les bretelles. Le patron en avait gros sur la patate de recevoir à longueur de journée les appels hystériques de la de Maizieux. À chaque fois, les oreilles du commissaire général chauffaient à blanc. La bonne femme le vouait aux gémonies. Elle le traitait d'incapable assis sur un siège éjectable. Et Bugeat s'inquiétait. Ni son costume de patron de la Crim', ni son langage rassurant, ni ses explications pour le moins empêtrées, ne le protégeront du monde de complicité dont cette femme fait partie. Une veuve qui cachait son angoisse derrière une agressivité venimeuse. Mais comment la calmer ? Il n'y a pas eu de récidive depuis l'assassinat de son époux. Pas de femme ni d'homme influent tranché à vif. Les vidéos n'ont pas permis d'identifier le suspect au cartable. Toujours rien dans le fichier ADN ni celui des empreintes digitales. Quant à Lacelle, il en vient à espérer que l'assassin se manifeste et commette une erreur quelconque afin qu'il puisse, si ce n'est l'identifier, du moins se raccrocher à une piste qui le conduirait jusqu'à lui.

Augne termine son creusois. Il remercie son patron et regagne son bureau où l'équipe qui bosse sur l'affaire de Maizieux est à pied d'œuvre. Les enquêteurs s'obstinent et repassent une énième fois au crible les dépositions des personnes présentes le jour de l'agression pour s'assurer qu'aucun détail ne leur a échappé.

Dans son bureau, après le départ du capitaine, Lacelle se met à l'aise et se laisse aller à méditer sur son avenir.

Vivre, n'est-ce pas une utopie ? On l'a pondu sur la terre sans son avis. Il doit faire avec. Mais maintenant, c'est décidé, il fera *sans*. Il se prendra en main et jouira d'une retraite à sa hauteur. Il ne se contentera pas de bouffer, de rêver et de dormir. Le désir d'être sera le plus fort. Il mélangera son épiderme aux éléments naturels jusqu'à l'ivresse des sens. C'est sa seule façon d'envisager le futur à bonne échelle.

Le retour abrupt de la réalité, quand le téléphone sonne, le ramène en chute libre au 36. Il décroche.

– Allô, Commandant Lacelle, j'écoute.

– Bonjour, Commandant. Du neuf depuis hier ?

– Rien, Commissaire...

– D'accord, merci, alors à demain. Si vous avez du nouveau d'ici-là, appelez-moi.

Viam a mis fin brutalement à l'embryon de conversation pour ne pas allumer la mèche d'une insignifiance qu'elle redoute. Certains propos banals et contraints par une politesse stupide fonctionnent sur elle à l'instar d'un coupe-circuit. Si elle s'y laisse prendre, elle sombre alors dans une période de lassitude ankylosante qui la jette à bas d'elle-même.

La commissaire regarde, mais sans vraiment la voir, la loupiote rouge et clignotante qui indique le chargement du combiné. Ce matin, son travail consiste à relire et à classer des comptes rendus d'interrogatoires. Une dizaine de femmes ont été entendues dans le cadre de l'affaire Benjamin Sussac. L'homme n'en est pas à sa première agression sexuelle.

Sa bite et son couteau, se souvient Viam. Son grand-père aimait cueillir les champignons. Chaque fois qu'il partait dans les bois, sa grand-mère racontait à Fleur qu'il gueulait à travers la maison :

« Je prends ma bite et mon couteau, et j'y vais ! »

Viam déteste cette expression. Elle la met mal à l'aise. Jeune déjà, elle la faisait frissonner d'être. Elle n'aimait pas non plus que sa grand-mère s'épanchât sur sa jeunesse.

« Parce que vois-tu, ma chérie, de mon temps... »

La petite fille qu'elle était à l'époque fermait les écoutilles. Elle branlait mécaniquement du chef de façon à donner le change. Elle se récitait des passages entiers du premier livre qui lui venait à l'esprit pour ne pas avoir à subir la logorrhée de la vieille femme. Quel âge avait-elle exactement ? Quelle importance aujourd'hui, si ce n'est que ce Sussac lui rappelle ce mauvais souvenir.

La commissaire achève son mémo. Elle annote les dates et ordres de dépôts des plaintes contre Sussac. De l'affaire, on n'en parle presque plus dans les médias, étouffée dans l'œuf. Il y a bien deux ou trois émissions de télé qui s'y risquent, mais du bout des lèvres cathodiques. *Le Grand Ordinaire*, par exemple, sur la chaîne ChenalDocs, a diffusé un reportage un peu fouillé. Mais, dans l'ensemble, Sussac n'intéresse plus grand monde. L'événement déserté du pénis tumescent se crève d'inanition. L'homme a été prudemment mis à l'écart et attend des jours meilleurs. Le Grand Ordinaire l'a débusqué dans son repaire. Un hôtel particulier rue du Faubourg Saint-Honoré, mis à sa disposition par Henri Féval de Largadère, grand argentier du pouvoir et du président qu'il a, susurre-t-on, contribué à faire élire. On se serre les coudes dans le milieu des politiques et des affaires, et Viam déteste cet entregent nauséabond. L'idée de travailler indirectement pour eux lui déplaît. Mais qu'y faire ? Il faudrait inventer un nouveau modèle de société, repartir de l'impossible pour se débarrasser de la vision étrécie de l'homme contemporain. La commissaire ne s'en sent ni le courage ni la vocation. Elle préfère, et de loin, la solitude d'un autisme de ce point de vue bien commode. Mieux vaut à ses yeux un isolement instinctif qu'une assimilation sociale.

Après avoir mis ses notes dans la corbeille des transmissions, Viam jette un œil navré sur le paquet de lettres qui se répand en vrac sur sa droite. Depuis l'article paru dans un journal sur ses attributions au sein du ministère de l'Intérieur, elle reçoit quantité de courriers de zélateurs, mais aussi des bordées d'insultes, celles-là anonymes bien sûr. À tout prendre, entre les laudateurs bien-pensants et les atrabilaires mal embouchés, elle voterait volontiers pour les seconds, plus récréatifs. Nedde lui a ordonné, si ce n'est de tout lire *in extenso*, du moins d'en prendre connaissance au cas où il y aurait une information intéressante sur l'affaire Poux de Maizieux. Il a insisté pour qu'elle l'en informe si c'était le cas, et surtout en omettant de passer par la case du 36 et du commandant Lacelle.

La commissaire hésite un instant à sortir de son sac le casque antibruit pour s'isoler. Juste quelques minutes, fermer les yeux et s'oublier. Elle y renonce, ne voulant pas créer un précédent qui deviendrait vite une habitude.

Viam a abusé d'une partie de la nuit précédente à établir des listes. Des listes de n'importe quoi simplement parce qu'elle en a éprouvé un besoin irrésistible. Est-ce l'affaire de Maizieux qui la perturbe ? A-t-elle bien fait de postuler à la fonction qu'elle occupe aujourd'hui ? Une question qu'elle se pose tous les jours. Le monde lui pèse. Les gens lui pèsent. La vie lui pèse. La vraie liberté serait celle de vivre une autre vie. Combien de temps arrivera-t-elle à endurer toutes ses contraintes ? Faire semblant, voilà à quoi se résume son existence. Viam souffre de sa condition mais, paradoxe qu'elle n'explique pas, elle en éprouve parfois de la jubilation. Un bonheur indicible comparable à la sensation grisante d'un flocon de neige au contact de la peau fine du cou.

La commissaire prend une longue inspiration avant d'attraper d'un geste las la première lettre posée sur le dessus du tas. Elle la froisse entre ses doigts, fait mine de la jeter dans la corbeille, se ravise et décachette l'enveloppe à l'aide d'un coupe-papier comme on trancherait la gorge d'un supplicié.

CHAPITRE 15

Augne sursaute et ouvre grand les yeux en entendant la sonnerie du téléphone. Le reste du gâteau creusois que lui a laissé le commandant la veille au soir avant de partir, et qu'il vient de bâfrer en guise de petit-déjeuner à 8 heures ce matin au 36, a un défaut : il plombe l'estomac. Le capitaine s'est assoupi dix minutes plus tôt après lui avoir fait un sort, rattrapant une nuit d'insomnie et d'abus d'alcools forts. Depuis le départ de sa femme avec un soi-disant *artiste*, Augne a la fâcheuse tendance de tuer l'aigreur de son célibat forcé un verre à la main.

« Avec lui, je me déplie... » lui avait asséné sa femme, un jour qu'elle venait récupérer ses derniers effets personnels chez eux. Que répondre à une telle connerie ? Augne s'en était abstenu. Il l'observait d'un œil éteint remplir sa valise comme un marin prend la mer. Quinze ans de mariage et Muriel filait avec un peintre qui tenait galerie rue des Saints-Pères. Cet enfoiré de barbouilleur l'avait séduite pendant ses heures d'astreinte à la Crim'. Muriel, à sa connaissance, ne pigeait que dalle à l'art pictural. *La salope !* Par malheur, et malgré son ressentiment et toutes les bonnes raisons qu'il avait de la détester, il regrettait un peu plus chaque jour son absence. Dans sa solitude, l'alcool était un anesthésiant indispensable pour oublier l'inoubliable.

La bouche pâteuse, le capitaine réprime un renvoi avant de décrocher.

« Augne à l'appareil, j'écoute ? »

L'instant d'avant, il rêvassait. Il se prélassait sur une plage ensoleillée, un daïquiri à la main. Le ressac de la mer lui léchait les arpions. À l'horizon, un trois-mâts tout droit issu des contes de son enfance se découpait en filigrane sur un ciel plombé d'azur.

« Quoi ? Comment ? »

Augne se redresse. Son interlocuteur répète et le capitaine se fend d'un retentissant :

« Putain de merde ! »

Il repose le combiné, se lève d'un bond et se précipite dans le bureau de son supérieur.

« Commandant ! Commandant ! »

CHAPITRE 16

Était-ce un hurlement ou a-t-il rêvé ?

Gaétan Morizet de la Barre émerge d'un sommeil profond sans aucun palier de décompression. Il tâte d'une main la place à côté de lui. Elle est froide. Georges-Henri est déjà levé, ce qui n'est pas une nouveauté. Comment fait-il pour être toujours si matinal ? Mystère. Dans quelques minutes, Gaétan trouvera du café chaud et des croissants dans la cuisine. Charançon l'y attendra en lisant le journal. Il se lèvera pour l'embrasser.

« Bien dormi, mon chéri ? »

Ce « mon chéri » fofolle s'envolant de la bouche gourmande du visage rubicond de Georges-Henri lui écorche les oreilles. Toutefois, il lui pardonne cette coquetterie quotidienne car, depuis qu'ils vivent ensemble, Gaétan reprend peu à peu pied. Son licenciement brutal par l'épouse de de Maizieux n'est plus qu'un mauvais souvenir. Charançon, grâce à ses connaissances, lui a trouvé un job sur une chaîne de télé privée propriété d'Henri Féval de Largadère. Il débute dans une semaine. Il sera assistant de production d'une émission grand public. Un talk-show, a-t-il vaguement compris. Un de ceux qui mitent le poste et agglutinent les foules devant les écrans comme des mouches à merde sur un étron fumant. Un changement de vie et de carrière qui ne lui déplaît pas.

Le plus pénible après le hurlement est le silence qui suit.

De la Barre sort du lit et va ouvrir la fenêtre donnant sur la fontaine dans la cour. Personne. La porte cochère est fermée. Gaétan bloque la fenêtre à l'espagnolette avant de se rendre compte qu'il est nu comme un ver. Il enfile le caleçon de la veille et se rend à la cuisine. Pas de Charançon. Les aiguilles de l'horloge murale Zhao Yelong en verre doré à l'or fin indiquent 7 h 35. Le café est dans le thermos. Il a embaumé la pièce en passant dans le filtre. C'est la première fois depuis son emménagement qu'il ne trouve pas Georges-Henri assis à lire le journal. Pas plus inquiet que ça, Gaétan file sous la douche. Ce matin, il prendra tout habillé le *breakfast*, comme aime à l'angliciser son amant. Vêtu, il surseoira à la fellation goulue que Georges-Henri ne manque jamais de lui prodiguer avant le petit-déjeuner, « histoire de m'ouvrir l'appétit », avait-il plaisanté la première fois. Ce n'est pas que Gaétan s'en plaigne, non, mais il refuse de s'imaginer en homme objet soumis aux désirs de son cicérone.

De la Barre vient à peine d'enfiler une veste lorsqu'on sonne à la porte. Étrange... Charançon aurait-il oublié ses clés ? Ça ne lui est encore jamais arrivé. Gaétan longe le couloir qui conduit dans l'entrée. Il débloque le verrou et ouvre.

« Ben quoi, tu as oublié tes clés, mon ché... ! »

Le « ri » reste coincé dans sa gorge.

Plus tard, il se souviendra avoir vaguement entendu un chien aboyer, son cerveau ayant volontairement, ou pas, occulté le tintamarre des sirènes de police.

Odzie avait aboyé longtemps après le départ de son maître. La chienne avait été abandonnée devant le dispensaire de la

CHAPITRE 16

SPA, avenue Stéphane Mallarmé, dans le 17e arrondissement de Paris, à l'aube d'un matin gris de la semaine précédente. Au moment même où Gaétan Morizet de la Barre ouvrait la porte d'entrée du palais Verveine, elle se trouvait à bonne distance, dans une cage en compagnie de trois de ses compagnons de mauvaise fortune. Elle n'avait rien à voir avec l'aboiement entendu par l'amant de Charançon.

CHAPITRE 17

De retour à la ZAC d'Évry, dans le Formule 1 où j'ai réservé une chambre – pour une nuit encore avant de changer d'hôtel et de banlieue. Cinq jours ici, trois jours là, je navigue, je brouille les pistes, bien que je sois certain qu'ils n'en ont pas, ou si peu. Ma trajectoire n'a pas sa place sur le marché du quotidien. Et c'est cette forme de liberté que j'entretiens en me rendant invisible. J'organise mon anonymat. Je paie en liquide. Je donne un faux nom. Je me court-circuite autant qu'il est possible.

Dans la minuscule chambre que j'occupe, je retrouve le peu d'affaires que j'ai emportées avec moi. L'argent liquide, je le garde en permanence autour de la taille. Dans une ridicule et très amochée banane Hello Kitty dénichée dans une poubelle en bas de chez nous quand j'en suis définitivement parti. Dangereux tout ce fric si jamais on m'agresse pour me dépouiller... mais il faudrait un sacré manque de pot – et, jusqu'à présent, la chance m'a souri. J'ai retiré le maximum autorisé dans trois DAB différents. Ensuite, j'ai brûlé les cartes de crédit.

Je suis passé à la banque pour vider le reliquat du compte épargne de ma mère. J'avais une procuration, ils n'ont pas pu s'y opposer. Maude Quétaine, la conseillère d'agence, a quand même tiqué. Elle m'a demandé les raisons qui me poussaient à *réaliser nos avoirs*. Les banquiers ne parlent pas comme le commun des mortels. Ils utilisent un langage qui résiste à la communication et la pervertit en même temps qu'il la gangrène. C'est leur manière à eux de nous infério-riser pour mieux nous escroquer en toute légalité. Sans me démonter, j'ai répondu que nous partions pour l'étranger. Ça ne lui a pas suffi. Elle voulait savoir où, Maude Quétaine. Elle dépassait les limites de ses prérogatives. J'étais jeune et elle se croyait tout permis.

— En Asie.

Le premier endroit qui m'était venu à l'esprit. La conseil-lère m'a lorgné de travers – comme si ce mot, *Asie*, déclen-chait chez elle l'imminence d'une catastrophe.

— Mais votre mère n'est pas... je crois savoir que... Elle n'est pas... pas souffrante ?

— Elle l'est. Elle va même mourir si vous voulez savoir.

J'ai menti. C'était déjà fait. Maude Quétaine le saurait bientôt, mais trop tard.

— Et ce sera un beau voyage. Son dernier. Elle va en profiter, croyez-moi. Je ferai tout pour.

La conseillère a hoché la tête. Sa moue désabusée a ren-voyé mon sourire charmeur aux oubliettes. Que pouvait-elle objecter à un fils qui balance que sa mère va passer l'arme à gauche ? Elle n'a pas essayé de me rabâcher sa morale finan-cière, ni de me jouer la fable de La Fontaine de la fourmi et de la cigale, ni de me redresser et de me mettre dans le droit chemin pour que je pense comme elle. Je lui sais gré de tout ce temps que nous n'avons pas perdu ensemble.

Avant de boucler l'appartement, j'ai hésité à prendre des photos, des babioles, des souvenirs. Pour en faire quoi ?

CHAPITRE 17

Je tire un trait sur le passé. À 20 ans, je n'ai d'ailleurs pas davantage de passé que d'avenir. Je ne suis banalement pas assez compliqué pour devenir simple. Pourtant, il m'arrive, seul dans ma chambre d'hôtel, de regretter et de me dire qu'il est encore temps de faire marche arrière. Je pourrais vraiment partir pour l'étranger et y refaire ma vie. *Refaire ma vie* ? Quelle idée stupide ! Elle n'a même pas commencé. D'une certaine façon, radicale celle-là, je l'ai bousillée dès le départ. En fait, me résoudre au mimétisme me débecte.

Je ne sais même pas ce qu'ils ont fait de maman. Où est-elle enterrée ? Me cherchent-ils ? Fils ingrat qui n'éprouve pas la peine qu'il devrait et ne verse pas une larme. Ai-je éveillé l'attention en ne me manifestant pas ? Je m'en fous. Maman est vivante en moi. Elle n'est morte que pour ceux qui l'ont tuée. Je trace. Je suis un anonyme parmi les anonymes. Bien malin celui qui me débusquera. Si ma force est aussi faible que je le suis, qu'ils soient certains que ma faiblesse est plus forte qu'eux.

Cette fois encore, ça n'a pas été plus difficile que la première. Un jeu d'enfant. L'exécution n'a duré qu'une poignée de secondes – la préparation, elle, s'est en revanche étalée sur quatre longues journées, qui m'ont coûté la bagatelle de huit cents euros et des poussières.

La veille de mon départ de chez nous, j'avais marché jusqu'à l'aube. La chienne en laisse, nous avions traversé Paris. Je ne cessais de lui parler pour me donner du courage. Je lui racontais sa vie, sa naissance, sa jeunesse quand elle avait bouffé un fauteuil ou volé un gigot prêt à être enfourné sur la table de la cuisine, son premier vaccin antirabique, nos jeux débridés, maman qui lui préparait une pâtée fraîche avant de partir au boulot, la fois où elle avait pissé et chié dans le salon parce qu'elle était malade et que ma mère, au lieu de la gronder ou de la frapper, l'avait bercée dans ses bras jusqu'à ce qu'elle s'endorme, et encore tout un tas d'autres d'histoires. J'avais prévu de l'attacher devant la SPA du 17e arrondissement. Quand nous y sommes arrivés, je chialais comme une madeleine. Je me suis accroupi pour lui demander de me pardonner. Je l'ai rassurée : « On s'occupera bien de toi dans ce refuge. » Odzie remuait la queue. Ce n'était qu'un jeu inventé par son petit maître. Elle m'a regardé avec ses yeux de chien, un mélange de tendresse et d'inquiétude. J'ai failli capituler. Je me suis levé d'un bond. J'ai serré les poings et je me suis sauvé en courant. Il n'y avait hélas pas de place pour elle dans ma fuite éperdue. Elle jappait dans mon dos, puis elle a aboyé de plus en plus fort. *Ne te retourne pas*, me suis-je forcé, une boule au ventre. J'ai disparu au coin de la rue. Odzie s'est mise à pleurer. Elle ne comprenait plus les règles du jeu. Les mains sur mes oreilles, j'étais déjà loin, mais ses gémissements résonnaient encore dans ma tête.

J'en veux à mort à la société qui m'oblige à abandonner ma chienne, qui a tué ma mère et fait de moi un... un quoi au juste ? Suis-je un assassin ou un héros ? Ai-je pété les plombs ou suis-je, au contraire, le plus lucide des hommes ? Ai-je pris la seule décision valable dans ce monde de dingues ? J'espère quoi ? Quelle probabilité de leur foutre la trouille ? Si j'y pense, je me sens abattu. Une goutte d'eau pure dans un océan pollué par des escrocs, des profiteurs et des néo-esclavagistes. Il faut en dézinguer combien pour qu'enfin ils comprennent ? D'où ma résolution de m'expliquer, et la lettre que j'ai postée, ainsi que le portable jetable que je garde avec moi jour et nuit dans l'attente d'un appel. Quand la commissaire Viam, celle du journal, aura le numéro, elle pourra me tracer et circonscrire le périmètre où se trouve le téléphone. C'est un risque à prendre. Je l'assume. Pas certain de ne pas être soulagé si on venait à m'arrêter. Est-ce un acte manqué de ma part ?

CHAPITRE 17

D'une manière ou d'une autre, je veux qu'ils sachent qu'ils ne sont pas à l'abri. Qui ? Ceux qu'on montre en exemple. Ceux qu'il faudrait envier, ceux à qui il faudrait ressembler, obéir, lécher les culs, ces salauds de tous les bords. Ceux qui nous font croire que le travail est une valeur au point de tuer ma mère quand elle l'a perdu. Ils me traiteront de déséquilibré, de monstre. Je n'aurai pas les mots, les codes, les bons éléments de langage, pas les conseillers en communication, pas fait les bonnes études, pas les bonnes relations, le bon compte en banque, le beau costume, l'air satisfait que donne la réussite, la suffisance du parvenu. Ils auront vite fait de me cataloguer. Je ne suis qu'un grain de sable à broyer. Leur machinerie est bien huilée. Je ne la bloquerai pas. Mais si je peux leur instiller le bacille de la pétoche, et réveiller les consciences chez d'autres, créer des clones, engendrer ne serait-ce qu'un embryon de révolte, je n'aurai pas tout perdu. Il n'y a que la violence qui les effraie. Celle qui se porte sur eux, les mutile, les extermine. Ils ne connaissent qu'elle, sa dictature. Ils l'utilisent tous les jours. S'il n'y a pas mort d'hommes, il y a mort d'âmes. Ils ont les mains propres et les cœurs sales. Quand ces saigneurs de la finance, des médias, de la politique, de l'entre-soi auront la chiasse au ventre de crainte de sortir de chez eux, de parader dans leurs beaux habits griffés et d'afficher leurs belles gueules de maquereaux du pouvoir, alors oui, ils se poseront des questions. Si jamais j'en doutais, ce ne serait pas une raison pour renoncer. Je sais aujourd'hui qu'il est agréable de souffrir quand on a quelqu'un à mordre et un système à briser. De toute façon, il est trop tard pour abandonner. Ma deuxième cible vient de tomber.

La chambre de l'hôtel Verveine se situait sur le trottoir d'en face, en décalage sur la gauche. J'avais demandé qu'elle donne sur la rue et aussi à bénéficier d'un petit balcon.

C'était le seul hôtel assez proche de ma cible pour que je puisse surveiller ses allées et venues. Je n'avais pas de plan défini à l'avance. Durant ces quatre jours de planque, je me devais de conclure en trouvant une fenêtre de tir pour agir. J'avais emporté une des deux feuilles de boucher qui me restaient. Ma marque de fabrique, de quoi signer mon ouvrage. Les médias réclamaient un os à ronger. Déjà les journalistes m'avaient affublé d'un titre vendeur : *Le Tueur au hachoir*. Par dérision, je m'imaginais prendre du galon et accéder à celui de *Serial Tueur au hachoir*. Un vœu pieux. Quand ils connaîtront mes motivations, ils ne se gêneront pas pour me qualifier de terroriste. Ils me trouveront des affinités avec les milieux interlopes. Une consanguinité maligne avec les pires assassins qu'ait portés la planète. Ils me confineront dans le box des accusés prédéterminés à faire le mal pour mieux me discréditer et se dédouaner de la plus infime parcelle de responsabilité. Un homme seul, sans soutien et qui agit sans autre revendication que de venger sa mère, de se venger lui-même du destin pourri qu'on lui a fait et de celui qu'on lui réserve, voilà qui à de quoi les faire tourner en bourrique. Leur principale crainte : qu'une foule d'anonymes prenne ma relève et suive mon exemple. La fourmilière se révoltera-t-elle contre ses maîtres ? Utopique ? Qui sait ? L'utopie n'est-elle pas une larme gelée sur le bord de la paupière qui ne demande qu'à se réchauffer ?

Le type sortait chaque matin vers 6 heures 30. Il se rendait dans une boulangerie un peu plus haut dans la rue Verveine. Il en revenait une poche en papier graisseuse dans une main. Il rentrait aussitôt chez lui, dans son « palais ». Quelle n'a pas été ma surprise la première fois qu'il en est ressorti en compagnie d'un homme plus jeune. Un blondin que j'avais déjà rencontré dans des circonstances presque analogues. Ou qui le deviendraient bientôt. Je connaissais son nom à coucher dehors sous la pluie pour l'avoir lu dans le journal et entendu à la télé. Gaétan Morizet de la Barre, l'homme à tout faire de de Maizieux. Le type dans l'ascenseur à qui j'avais demandé à quel étage ils descendaient. Mais que faisait-il en compagnie de ma nouvelle cible ? J'étais déconcerté de le trouver là, mais bien décidé à ne pas en tenir compte.

Le quatrième matin, j'ai quitté la chambre à 5 heures tapantes. Le veilleur de nuit m'a salué d'un mot. J'avais prévenu la veille que j'avais un train à prendre très tôt à la gare de Lyon. Personne ne m'a posé la question de savoir pourquoi je n'avais pas de bagage hormis un sac à dos. La note avait été payée en espèces dès mon arrivée. Je ne devais plus rien. Je portais le même sweat que pour de Maizieux.

En sortant dans la rue, j'ai ajusté le masque en papier sur mon visage, rabattu la capuche sur ma tête et mis les mains dans les poches de mon jean. J'ai remonté la rue jusqu'à un abribus. Je me suis assis et j'ai attendu le premier bus de 5 h 30. Dans le sac à dos il y avait la feuille de boucher, un jogging noir et un autre sweat, noir lui aussi, sans flocage, acheté dans un supermarché. Le bus est arrivé à l'horaire prévu, je suis monté. Nous n'étions que trois ou quatre à l'intérieur. La majorité sommeillait, sauf un jeune qui écoutait du heavy metal à plein tube dans son casque. J'en suis redescendu au premier arrêt suivant. Dans un recoin à l'abri des regards – bien qu'il n'y eût pas grand monde à cette heure-ci –, je me suis changé. J'ai de nouveau attendu jusqu'à 6 h 15 avant de traverser la rue pour prendre un autre bus en sens inverse. Il m'a déposé sur le bon trottoir devant le palais Verveine. De là, je pouvais voir le balcon de la chambre que j'avais louée et la baie vitrée laissée entrouverte. Un pan de rideau battait à l'extérieur. En attendant, et pour ne pas éveiller la curiosité, j'ai fait celui qui consultait son portable.

Le type est apparu, fidèle à ses habitudes. Il a vérifié que la porte cochère était bien fermée. Le jour se levait à peine. Une voiture est passée en coup de vent. Son pot d'échappement faisait un boucan du tonnerre. Personne alentour, c'était le bon moment. J'ai fait glisser une bretelle du sac à dos sur mon bras gauche. J'ai dézippé la fermeture éclair pour en sortir la feuille de boucher. J'ai posé le sac par terre contre le mur de l'immeuble à côté duquel je patientais – je le récupérerai après. Le hachoir dissimulé sous mon sweat, je me suis avancé. J'ai pris soin de ne pas fixer ma cible pour ne pas l'alerter au cas où elle viendrait à me remarquer. Le type s'apprêtait à remonter la rue vers la boulangerie. Je me suis rapproché jusqu'à n'être plus qu'à une longueur de bras. Il a sursauté quand je lui ai tapoté l'épaule. Il s'est retourné.

— Pardon ?

— Sûrement pas.

Avant de prendre le métro puis le RER pour Évry, j'ai remis l'ancien sweat et jeté le neuf dans une poubelle. Il était taché de sang. La cible avait fait un petit écart. Le coup n'avait pas porté là où je le souhaitais. Du sang m'avait giclé dessus. J'ai retiré le jogging et l'ai boulé dans la poubelle par-dessus. J'ai enfilé mon jean. Ça ne m'a pris que quelques secondes après avoir récupéré mon sac à dos. Au pire, les rares passants me prendraient pour un clodo. J'ai aussi changé de masque. J'ai remplacé celui en papier par un en tissu avec une étoile rouge imprimée de chaque côté. Les flics retrouveraient mes affaires. Quelle importance ? Ils avaient mon ADN, mes empreintes et forcément une vidéo, mais comment me reconnaître ? Par quel chemin parvenir jusqu'à moi quand je n'ai jamais été qu'un bon petit soldat aux ordres d'une société normative ? École, fac, dodo, boulot. Jamais la moindre connerie. Fiché nulle part. Un modèle, un serf, un pion parmi la multitude sur l'échiquier de la non-vie.

CHAPITRE 17

Il est midi. Je déjeune dans ma chambre d'un sandwich et d'une canette de soda assis sur une chaise inconfortable. J'ai quitté le Formule 1 d'Évry. Je crèche dans un hôtel Première Classe à Villepinte, en Seine-Saint-Denis.

CHAPITRE 18

– Ce sont bien les mêmes empreintes sur l'enveloppe…

– Et personne à part nous ne savait qu'il portait des chaussettes roses, n'est-ce pas ?

– Oui. C'était plié d'avance qu'il s'agissait bien de notre homme. Vous avez prévenu Nedde ? Vous avez toujours la lettre en votre possession ?

– Non pour Nedde. Oui pour la lettre. Et vous, Bugeat est au courant ?

– Non.

– Le labo ?

– Ils ont fait leur boulot. Ils ne s'occupent pas du reste.

– Le capitaine Augne ? Votre équipe ?

– Je ne sais pas si je dois les mettre dans la boucle. En tout cas, je n'en ai rien fait, pas pour l'instant. Il faut qu'on se voie avant. Mais j'ai quand même quelques scrupules. C'est un manque de confiance envers mon groupe… Je ne sais pas comment ils le prendront quand ils sauront.

– Vous venez ?

Viam ne souhaite pas s'éterniser sur les états d'âme de Lacelle.

— Pas question. Pas au ministère. Chez moi. Vous avez de quoi noter ?

— Oui.

— Alors voilà mon adresse : 13 rue Saint-Sauveur dans le 2e arrondissement. Rendez-vous à midi trente. Vous mangez quoi d'habitude pour le déjeuner ? Je peux passer chez un traiteur avant de vous y retrouver ?

— Rien.

— Rien, vraiment ?

— Rien.

— OK, comme vous voudrez.

— C'est exactement ça.

— Bon, eh bien ça s'emballe enfin. Après de Maizieux et Charançon, on a quelque chose à se mettre sous la dent.

— Oui, possible.

— Je vous dis à midi et demi chez moi alors.

Viam et Lacelle raccrochent simultanément. Le commandant demeure pensif, les yeux perdus dans le vague. Pourquoi a-t-il pris une telle décision ? Ne pas transmettre l'information à son supérieur hiérarchique relève *a minima* de la faute professionnelle. Ne pas avertir son équipe d'une faute morale, d'un manque de crédit qui n'a pas lieu d'être. Le problème c'est Viam. Pour quelles raisons l'homme a-t-il pris contact avec elle ? Que cherche-t-il ? En lui écrivant une lettre, il prend le risque d'être découvert et arrêté. La commissaire ne la lui a pas lue. Elle en a révélé les grandes lignes. Une demande de rendez-vous pour, soi-disant, s'expliquer. Un numéro de téléphone pour le contacter et convenir d'un lieu. Et enfin les chaussettes roses de de Maizieux en matière d'authentification. Viam n'a pas davantage consenti à lui confier le numéro du portable. Il a insisté, argué qu'on pourrait le tracer, envisager une action, pour le moins le marquer à la culotte. La commissaire a refusé tout net et il n'a pas insisté. Lacelle commence à la connaître, c'eût été inutile. Mais pourquoi entrer dans son jeu, bon sang ? Quelque chose ne tourne pas rond chez lui. Jamais, en quarante années de carrière, il n'avait commis une connerie aussi énorme. Et à une encolure de la retraite encore.

Jusqu'à peu, le travail valait dans la mesure où il repoussait la cavale de l'ennui d'une retraite qui s'annonçait prochaine. Eymoutiers, la découverte du Limousin et d'une vie différente ont soudain changé la donne. Pourquoi risquer de se compromettre par un pas de côté absurde dans une enquête aussi médiatisée et sensible ? Quelle excuse a-t-il d'inviter à son domicile et clandestinement la commissaire ? A-t-elle une vocation de Zorro et lui de Bernardo ? Cache-t-elle son jeu ? Cherche-t-elle le coup d'éclat qui propulsera sa carrière vers les sommets ? Cette femme singulière n'est pas liante, malaimable, mais, à force de la côtoyer, un lien ténu s'est tissé entre eux, non verbal, intuitif. Chez elle, une petite lampe interne est toujours allumée. Tôt ou tard, elle éclaire celui qui enchérit sur sa première mauvaise impression. La parole rare et souvent abrupte de la commissaire est comme en transit, menacée, victime du réel et réduite à l'os. Viam a été longtemps intraduisible pour le commandant, mais aussi le germe d'une connivence qu'il ne s'explique pas. Une complicité contre nature tellement leurs intérêts divergent. De fait, la commissaire travaille pour le ministre de l'Intérieur. La résumer à une espionne ou une moucharde ne serait pas totalement faux. Lacelle, de son côté, veut arrêter l'homme qui assassine des personnalités à coups de hachoir et qui, depuis le meurtre de Georges-Henri Charançon, est revenu en une de tous les médias. Il se contrebalance de l'impact politique de l'affaire. Le gars a envoyé *ad patres* un chef d'entreprise, patron des patrons, et un connard médiatique dont il n'a cure. Alors à quoi joue Viam ? Pourquoi entre-t-il dans son jeu au risque de se retrouver embringué dans une affaire douteuse, et plus tard de devoir justifier l'injustifiable devant ces tordus de l'IGPN ? Il mentirait en niant que Viam l'intrigue par son fonctionnement disruptif (un mot à la mode ces temps-ci), par la fêlure qu'elle dissimule sous une froideur étudiée. Adrien, le père du commandant, avait de son vivant coutume de résumer les relations humaines d'une phrase devenue un gimmick entre eux : « Si on ignore qu'un rosbif a un jour été un bœuf, on ne le saura jamais. Eh bien, fiston, c'est kif-kif chez les humains. Derrière une peau de vache peut se cacher un être délicat, et ce serait dommage de passer à côté... »

Cinq jours plus tôt, déboulait dans le bureau de Lacelle un Augne en transe.

– Commandant ! Commandant !

– Mais calme-toi, bon Dieu ! Que se passe-t-il ?

– Il a recommencé !

– De quoi tu parles ?

– Le type au hachoir, il a recommencé !

– Merde alors... qui ?

– Georges-Henri Charançon. Le propriétaire du palais Verveine. Celui qui organisait des fêtes interdites pour le beau monde du temps du confinement. Vous voyez qui c'est, non ?

CHAPITRE 19

Cinq jours plus tôt.

Tandis que le commandant Lacelle et son adjoint foncent en voiture et sur les chapeaux de roues en direction de la rue Verveine, Nedde se ressert du café. Il en propose à Lorena qui refuse et se contente de terminer à petites gorgées son jus d'orange fraîchement pressé. Ils sont dans le salon salle à manger du confortable appartement de Jean-Michel Nedde dans le 14e arrondissement, au cinquième étage et à quatre minutes à pied du métro Plaisance. Une précision qui a son importance quand les transports en commun permettent au dir.-de-cab. de ne pas perdre de temps dans les embouteillages parisiens. Ils prennent le petit-déjeuner, assis de part et d'autre d'une table en verre trempé et métal, après une nuit passée dans le même lit.

Leur première rencontre avait eu lieu des mois auparavant à l'occasion d'un congrès de criminologie organisé à la faculté de droit de l'université Paris-Nanterre. Nedde avait été invité au titre de représentant du ministère de l'Intérieur et Madame Linards en sa qualité de membre de l'AFC, l'Association française de criminologie. Le dîner de clôture avait réuni une cinquantaine de convives. Le dir.-de-cab. et Lorena s'étaient retrouvés à la même table de six personnes où l'inénarrable figuration humaine débordait le cadre de la convention sociale pour singer un intérêt poli entre commensaux de hasard. La conversation avait débuté sur un ton protocolaire après que chacun se fut présenté en nom et en titre. On avait, entre un risotto aux truffes en entrée et un suprême de volaille de Bresse au vin jaune et aux morilles en plat de résistance, débattu des enjeux de la criminologie en France. Comment faire dans les années à venir afin que les obstacles soient dépassés, que les politiques pénales et publiques se nourrissent des savoirs en la matière ? Sujets dont les différents orateurs s'étaient déjà entretenus à la tribune durant de longues et soporifiques heures. À l'issue du repas, Nedde avait proposé à Madame Linards de prendre un dernier verre.

« Pour faire plus ample connaissance... »

Son sourire carnassier en disait long sur son interprétation du mot *connaissance.*

Divorcée depuis déjà un lustre, célibataire endurcie et psychanalyste de métier, Lorena n'avait eu aucune difficulté à cerner son bonhomme : un type intelligent, mais un timide contrarié sous ses allures de décontraction. Un mâle qui se rassurait en draguant tout animal de sexe féminin en âge d'être *monté* afin d'affirmer une virilité qu'un manque natif de confiance en lui mettait perpétuellement en question. Un type qui pousse souvent un peu trop loin le bouchon et profite de son statut de dominant sur l'échelle de la prédation pour se croire tout permis. En d'autres circonstances et dans un milieu moins favorisé par le sort, Nedde aurait fini en taule, accusé d'agressions sexuelles, voire de viols. Bref, un directeur de cabinet dont les dents rayaient le parquet. Un grand prédateur pour qui les femmes sont des proies, mais qui abdique aussitôt que l'une d'entre elles lui résiste. Un lâche, en somme, que la cape d'immunité du pouvoir, et quelques dossiers compromettants qu'il garde au chaud et qui impliquent des politiques en vue, préservent pour l'instant de possibles complications judiciaires. Dans son monde, on se tient par la barbichette et le premier qui rira des incartades de ses petits copains recevra sur le museau un retour de bâton capable d'atomiser les plus belles carrières politiques. Si l'électeur lambda raffole des histoires de cul des politiciens, sa pudibonderie de façade l'oblige à renier ceux qui sont pris la main baladeuse dans la culotte de la voisine. Le plus bel exemple en est l'ancienne, mais toujours présente dans la mémoire collective, affaire Frédéric Trousse-Canne, pressenti comme potentiel président, avant que ses frasques ne défraient l'actualité. Il y a en Nedde dix hommes en un, arborant une même identité, un même visage. Il est difficile de s'y reconnaître tant il est passé maître dans l'art du transformisme, véritable caméléon selon la situation, le pouvoir ou la susceptibilité de ses interlocuteurs.

Lorena Linards avait néanmoins accepté l'invitation. Amusée qu'un homme plus jeune d'une quinzaine d'années la baratinât dans l'intention évidente de la baiser – pardon, de *faire connaissance*. Entrer une nuit dans la peau d'une cougar n'était pas non plus pour lui déplaire. Cerise sur le gâteau, le bonhomme était le bras droit du ministre de l'Intérieur, et donc une éventuelle opportunité pour lancer sa carrière de psycho-criminologue. Une profession qu'elle exerçait depuis quelque temps et pour laquelle les débouchés n'étaient pas si nombreux, comme le congrès l'avait démontré.

À sa grande et agréable surprise, Nedde ne s'avéra pas l'horrible macho escompté mais, en privé, un être pétri de doutes et émotionnellement boiteux. Si bien que leur relation prit un tour inattendu. Ils se revirent et se lièrent d'une affection étrange. Elle l'expliqua à l'une de ses amies comme un hold-up naïf de tous les sens. Ils n'habitaient pas ensemble et elle ne se faisait aucune illusion sur ses agissements. Sur le fait qu'il ne se privait pas de la tromper. Il le lui avait d'ailleurs avoué un jour à demi-mot.

— Tu sais, l'amour absolu, rien ne me semble plus paresseux au monde.

— Et pourquoi donc ?

— Eh bien... je veux dire... Ne trouves-tu pas qu'il n'y a rien de plus commun et de plus flemmard que vouloir se faire aimer et s'en donner la peine ?

Ce que Lorena interpréta comme une façon élégante d'avouer qu'il ne savait plus où donner du sexe. Elle n'attachait d'ailleurs guère d'importance à ses coucheries éphémères. Après tout, ils n'étaient pas mariés. Elle ne lui avait fait aucune promesse et leurs amours pouvaient bien se résumer à des parties de jambes en l'air. En vérité, elle y trouvait son compte, d'autant qu'au lit, le dir.-de-cab. n'était pas maladroit.

Pour Nedde, Lorena représentait tout à la fois une amante, depuis peu une employée – il l'avait imposée comme psycho-criminologue sur l'affaire de Maizieux – et une confidente, bien qu'il fît toujours preuve d'une circonspection prudente dans ses confessions sur l'oreiller.

Cinq jours plus tôt donc, avant la rencontre Viam-Lacelle au domicile du commandant, Linards et Nedde achèvent de prendre leur petit-déjeuner. Le portable du dir.-de-cab. se met soudain à vibrer sur la table en verre. Il est 8 heures passées de quelques minutes.

— Tu permets, Lorena ?

— Je t'en prie.

« Allô ? Oui... Comment ? Qui ? Quand ? Où ? Vous y êtes ? En voiture ? En route ? »

CHAPITRE 19

Le visage de Nedde se ferme au fur et à mesure que son interlocuteur répond à ses questions.

« La commissaire Viam doit déjà être à son bureau. Je l'appelle. Vous n'avez pas pu la joindre ? Son poste toujours occupé ? Pourtant, elle assure la permanence. Quand vous l'aurez au téléphone, vous la tenez informée minute par minute. Moi, je fonce au ministère. »

Il raccroche, empoche le portable et se perd dans une profonde réflexion.

– Que se passe-t-il, Jean-Michel ?

Nedde regarde Lorena, ébahi, comme s'il la découvrait pour la première fois.

– Hein, quoi ?

– Tu n'as pas l'air dans ton assiette. Un problème ?

Elle a failli ajouter « mon chéri » mais s'est retenue au dernier moment, de peur de proférer une grossièreté qu'il aurait été capable de prendre au sérieux.

– C'était le commandant Lacelle. Il a remis ça...

– Qui, Lacelle ?

– Mais non ! Le fondu au hachoir. Il a assassiné un autre homme.

Lorena n'est pas étonnée. Depuis le début, son analyse penche pour la récidive. L'agresseur se révèle différent par bien des aspects du meurtrier ordinaire. Par sa première cible. Par les moyens employés. Par le fait qu'il ne craint pas de laisser des traces. Sous-entendu : « Je ne cherche pas à vous échapper, j'assume mon acte, je le revendique même. » Et parce qu'il faut avoir un motif personnel pour trancher en deux le crâne d'un homme. Une raison qui dépasse la folie. Au contraire de l'impression que laisse l'horreur du crime, c'est un acte raisonné et construit.

– Qui a-t-il tué cette fois ?

Nedde se lève brusquement. Il renverse sa tasse. Au fond flottait un reste de café qui se répand sur la table en verre et commence à goutter par terre.

— Georges-Henri Charançon.

Tout en répondant, avec une serviette il éponge les conséquences de sa maladresse.

Lorena connaît la victime, encore une célébrité. Cette fois dans le domaine du showbiz et de la télévision. Quelle relation entre les deux victimes ? Si ce n'est qu'ils paradent sur le devant de la scène médiatique. Des pointures dans leur domaine, mais si éloignés qu'il est difficile de faire le lien entre eux.

— Tu y vas ?

Tout à sa réflexion, Lorena ne comprend pas tout de suite de quoi il est question.

— Pardon ? Qu'est-ce que tu racontes ?

— Tu y vas, je te dis. Tu vas sur place...

Lorena proteste qu'elle ne se rend jamais sur le lieu d'un crime. Elle étudie les éléments récoltés et analyse à tête froide les données rapportées. Sur place, elle ne sert à rien. Au contraire, sa présence parasiterait ses observations. Elle influencerait son raisonnement en y ajoutant une dramaturgie qui est toujours la cause d'erreurs de jugement. Nedde insiste pourtant.

— Tu y vas pour me rendre compte. Je n'ai aucune confiance en Lacelle. Un vieux roublard à qui on a mis Viam dans les pattes. Je le soupçonne de ne pas tout nous dire.

— Justement, la commissaire est là pour ça, pour faire la liaison. C'est une femme que je crois très compétente sur ce point...

— Viam ?

Nedde réagit un peu trop vivement.

— Il y a un problème avec elle, Jean-Michel ?

CHAPITRE 19

Lorena se doute de la difficulté. La commissaire a dû résister à l'incontournable numéro de charme de son amant. Elle l'a à coup sûr envoyé sur les roses. Des contacts qu'elle a eus avec Viam, Lorena s'est fait une idée assez précise de son caractère : introvertie plus-plus-plus, sous contrôle permanent, un encéphalogramme émotionnel plat. Une réserve qui confine à une espèce d'autisme. Elle n'exclut pas que la commissaire ait un problème de cet ordre-là. Qu'elle soit sujette à une asociabilité qui la contraint à se tenir sans cesse sur ses gardes. Viam est aussi aux prises avec une quantité hallucinante de tocs. Lorena l'a bien observée. Elle a noté un nombre conséquent de ce qui n'est pas seulement des petites manies, mais de sérieux troubles du comportement. Aux yeux de la psychanalyste qu'elle est, la commissaire est sujette à des troubles de la personnalité borderline liés à de possibles signes autistiques. Par quel tour de force et emprise sur elle-même cette jeune femme a-t-elle pu devenir commissaire et exercer une profession aussi exposée que la sienne ?

Après un flottement, Nedde se défend.

– Aucun problème avec elle. Je veux juste que tu sois... que tu sois mon œil de Moscou. Que tu me rapportes le maximum d'informations qu'à mon tour je puisse transmettre au ministre sans le filtre de Lacelle ou de Viam.

– Ce n'est pas très déontologique ce que tu me demandes.

– Tu sais où je me la fous, ta déontologie ! Putain ! Deux mecs se font dézinguer par un dingue. Des hommes qui comptent... De Maizieux c'est évident. Charançon moins à première vue, mais je ne peux pas t'en dire davantage...

– Il m'en faut pourtant un peu plus pour que j'accepte, Jean-Michel.

Pas question pour elle, même si un refus doit lui coûter leur relation, d'entrer sans bille dans son jeu. Devenir une indicatrice n'est pas dans ses projets. Et Nedde ne peut pas surfer sur un pseudo-sentiment amoureux entre eux. Elle et lui savent à quoi s'en tenir quant à leur attachement mutuel qui est le résultat d'un concordat momentané, chacun y trouvant midi à sa porte.

– Je...

Nedde hésite. Les mots sont enfouis en lui comme du linge dans une valise avant un long voyage.

– Allez, dis-moi, Jean-Michel. Ça restera entre nous. Secret professionnel.

Nedde tergiverse. Depuis l'appel de Lacelle, il a endossé ses habits de dir.-de-cab. Il sait qu'il risque gros en divulguant une information ultrasensible et seulement connue d'une poignée de personnes. Un renseignement qui, entre de mauvaises mains, s'avérerait une bombe politique, pour ne pas dire institutionnelle. Une information que le ministre de l'Intérieur, en gouvernant averti, et même s'il est du parti du président, garde sous le coude comme garantie de sa survie ministérielle, et peut-être aussi comme un futur moyen de pression voire de chantage.

Nedde se faisant désirer, Lorena choisit de se retirer sans lui avoir donné de réponse positive ou négative.

– Attends !

Elle allait quitter la pièce avant qu'il l'interpelle.

– Tu me promets, Lorena ?

– Quoi donc ?

– De garder pour toi...

– Mais bien sûr ! Tu me prends pour qui ?

Cette affirmation niaise et cette interpellation faussement outrée peuvent-elles convaincre son amant ? Va-t-il lui révéler un secret d'État ? Là, chez lui, contre toute raison, après un petit-déjeuner et une nuit d'amour ? C'est à la fois irréel et jouissif.

– Il... Charançon, au palais Verveine, il...

CHAPITRE 19

– Mais quoi à la fin ? Accouche une bonne fois pour toutes.

Nedde cligne des yeux, chasse le voile du doute. A-t-il tant besoin qu'elle se rende sur place ? Que récoltera-t-elle de plus que ce que Viam apprendra du commandant ? Il y a une possibilité à ne pas négliger. Mais comment s'y prendre ? Il n'a que quelques secondes pour peser le pour et le contre.

– OK, je vais te dire. Mais quand tu seras sur les lieux, rue Verveine, je veux que tu ailles directement dans les appartements de Charançon. Trouve une excuse pour...

– Chercher quoi ?

– Qu'est-ce que j'en sais, moi. Des photos, des indices...

– Mais des indices de quoi ?

Lorena en a marre de ses tergiversations. Nedde le sent.

– Bon, écoute. Le plus évident, ce sont les photos, s'il y en a bien sûr, genre des souvenirs. Et ça, en attendant qu'on envoie la troupe qui...

– La troupe !

– C'est une image, Lorena. Je veux dire les *nettoyeurs*. Des spécialistes.

Nedde explique. Charançon invitait chez lui beaucoup de monde, autant de politiques que de gens des médias, du cinéma, de la télé, même pendant la pandémie et le confinement. Il craint que Lacelle et son équipe tombent sur des photos gênantes pour certaines de ces personnes. Charançon recevait incognito quand on le lui demandait. Ce qui pouvait aussi représenter un problème si ça venait à se savoir.

– Il y a un lien entre son assassinat et les personnes dont tu parles ?

– J'en doute. C'est quand même pas la mafia ces gens-là. Mais bon, tu y vas pour ça aussi. Si jamais tu...

– Qui, Jean-Michel ?

– Qui, quoi ?

— Qui est en première ligne. Qui a été en secret l'invité de Charançon ?

Nedde déglutit. On y est. Il avait cru noyer le poisson, mais elle ne lâchera pas le morceau. *Quelle femme extraordinaire*, pense-t-il. Il esquisse un sourire inintelligible pour Lorena.

— Le plus *haut sommet* de l'État, si tu vois ce que je veux dire...

Elle voit. Mais ce qu'elle a du mal à saisir, c'est le degré de danger que représente pour ce *haut sommet* une telle information si elle vient à se retrouver sur la place publique.

— C'est pas si grave alors.

— Non, ça ne le serait pas si le *haut sommet* dont il est question avait été accompagné de la Première de cordée.

Encore une métaphore limpide, comme si appeler les choses par leur nom lui était impossible.

— Ce n'était pas le cas ?

Lorena connaît déjà la réponse mais veut l'entendre de sa bouche. Nedde a une moue significative qui n'appelle pas un long discours. Lorena se permet une plaisanterie.

— Ah, les femmes... Elles feront perdre leur cime aux plus hauts sommets du pays.

— Pas que les femmes...

— Pardon ?

— Je dis : *pas que les femmes...*

Et Nedde ne peut se retenir d'un bon mot qu'il regrette aussitôt :

— Tous les sexes sont dans la nature, n'est-ce pas ?

CHAPITRE 20

Cinq jours précédant le rendez-vous entre Lacelle et Viam au domicile de celui-ci, la première chose que voient le commandant et le capitaine en arrivant rue Verveine, après avoir franchi l'un des barrages qui bouclent la rue en amont et en aval, c'est Gaétan Morizet de la Barre en pleine crise de nerfs carabinée. Trois policiers en uniforme le ceinturent. Ils tentent de le faire revenir non sans difficultés à la raison par des moyens coercitifs. Sur ces entrefaites, un lieutenant du commissariat de quartier s'approche et leur tend la main.

– Bonjour, Commandant. Bonjour, Capitaine. Le gars, là-bas, il créchait chez Charançon. Un collègue est allé frapper à la porte de l'appartement et l'a trouvé. Et maintenant, voilà qu'il nous fait un caca nerveux...

Des pompiers prêtent main-forte aux trois policiers. Un médecin du Samu prépare une seringue pour une injection intracutanée. Dès que de la Barre est à peu près maîtrisé, il lui administre la potion magique d'un coup de piston.

– Qu'est-ce qu'il fout là ?

– Selon certains voisins que nous avons interrogés, Commandant, la victime et lui cohabitaient. De ce qu'on sait, mais c'est à vérifier, il était depuis peu la... enfin, je veux dire que le type était le petit ami du macchabée.

Augne émet un sifflement qu'on pourrait penser défavorable ou teinté d'homophobie, mais qui n'exprime qu'une grande lassitude.

– Et merde... Y aurait un rapport entre de Maizieux et Charançon à travers de la Barre alors ?

– On verra bien, Didier. Quand il sera en état de répondre à nos questions, on avisera.

Lacelle revient au lieutenant.

– En attendant, vous me le faites conduire au 36 et vous demandez à ce qu'on me le tienne au chaud jusqu'à mon retour.

Le lieutenant les quitte, il va enjoindre un de ses subalternes de prendre en charge Morizet, qui déjà pique du nez sous l'effet sédatif de la piqûre.

Sur le trottoir, une tente a été dressée. Elle abrite le mort afin de le protéger des regards curieux, mais surtout pour garantir la scène de crime contre toute contamination extérieure.

– Allez on y va.

Suivi par le capitaine, Lacelle fait quelques pas en direction de la tente, lorsqu'il aperçoit Lorena Linards.

– Putain ! Qu'est-ce qu'elle glande ici celle-là ?

– C'est qui ?

Augne ne l'a encore jamais approchée.

– La psycho-criminologue, je t'en ai parlé... Mais bordel, qu'est-ce que c'est que ce foutoir à la fin ?

Lorena s'avance à leur rencontre, tout sourire. Elle prend sur elle de ne pas se laisser envahir par un sentiment de culpabilité. Elle est très loin d'avoir résolu son problème d'éthique qu'elle foule à grands pas au sens propre comme au figuré. Elle n'a eu qu'à présenter sa toute récente carte tricolore à l'emblème du ministère de l'Intérieur pour en imposer aux deux plantons qui tenaient le barrage en haut de la rue.

– Commandant, bonjour.

Elle lui tend la main. Lacelle la prend sans chercher à cacher le désagrément que lui procure sa présence.

– Vous me présentez ?

Le commandant s'exécute. Le capitaine serre à son tour la main de la profileuse.

– Une seule question, Madame Linards, que faites-vous ici ?

Lacelle a grogné plus qu'il a parlé.

– On m'a prévenue et...

– Qui ?

– Quelqu'un du ministère.

– Qui ? Bordel de merde !

Augne saisit le coude de son supérieur pour l'empêcher de perdre son sang-froid, ce qui ne ferait qu'aggraver la situation. Lorena Linards surprend son geste. Elle affronte Lacelle en le mettant au défi du regard.

– Ce ne sont pas vos affaires.

Mauvaise réponse. Le commandant dégage d'un mouvement sec son coude. Il va lui rentrer dedans en la renvoyant illico presto à ses chères études, quand une idée lui traverse l'esprit. La même qu'il a eue lorsque la commissaire Viam s'est présentée dans le parking où de Maizieux a été assassiné.

– OK... Puisque vous êtes ici, autant que vous profitiez du spectacle. J'espère que vous avez l'estomac bien accroché. Suivez-nous !

Davantage une sommation qu'une invitation, et Lorena Linards emboîte le pas des deux hommes qui lui montrent un mur infranchissable d'épaules hostiles.

Georges-Henri Charançon est étendu sur le dos, un bras en croix l'autre le long du corps. Sa jambe gauche est repliée sous la droite. Avant de pénétrer à l'intérieur du périmètre, un homme de la Scientifique les contraint à enfiler des surchaussures, une blouse en textile non-tissé et une calotte du même acabit. Les deux policiers et la profileuse y entrent affublés de cet harnachement préventif. Immédiatement, ils se trouvent confrontés à l'image percutante du mort. Lorena retient au dernier moment un mouvement de recul.

— Un problème, *Madame* ?

L'ironie du « Madame » de Lacelle n'échappe pas à la profileuse.

— Aucun.

— C'est encore moins beau que pour de Maizieux.

Augne y est allé de son commentaire, histoire d'en remettre une couche.

Le hachoir a pour ainsi dire loupé son coup. Sa trajectoire, au lieu d'être verticale et de haut en bas, est en diagonale. Elle part du sommet du crâne pour dévier entre l'œil gauche et l'arête du nez. Elle poursuit sa course en réséquant net la pommette et la joue, ainsi qu'un bon quart du menton. Si bien que cette partie du visage gît à plat sur le sol. Une escalope à peine reliée au reste du corps par un lambeau de peau et de bris d'os. Une horreur absolue que Lorena encaisse de plein fouet en serrant les dents.

— Une déduction de ce que vous voyez, *Madame la spécialiste* ?

La profileuse ne relève pas le ton déplacé et ironique du commandant. Elle y répond en maîtrisant de son mieux le tremblement de sa voix.

— Il est probable que le meurtrier s'est raté. Le hachoir a dû dévier...

— Non sans blague ? Tu entends ça, Didier ? Le type doit être parkinsonien. Sacrée nouvelle, tu trouves pas ?

CHAPITRE 20

Le capitaine hoche la tête et propose sa propre version, tout aussi loufoque que la conclusion de Lacelle.

– Ou alors il a tenté une variante. C'est un artiste, le gars...

La feuille de boucher a déjà été recueillie dans un sac plastique dûment étiqueté. Elle partira pour le laboratoire avec les autres éléments collectés sur place.

– Il n'aurait pas dû mettre un survêt blanc. Ça tache, le sang...

La voix dans leur dos est celle de l'agent spécialisé principal de la Scientifique responsable des opérations.

– Salut, Glanges.

– Salut Lacelle. Augne... Madame... Bien amoché, le type.

Glanges, après des années passées sur des scènes de crime, s'est fabriqué une carapace qui le garantit des émotions fortes devant des cadavres du genre de celui de Charançon.

Lacelle confirme.

– Une vraie boucherie.

Lorena Linards n'est pas dupe. Toute cette mise en devanture lui est destinée. Elle décide de casser l'ambiance de ces joyeux drilles et de retourner à sa mission première.

– Merci Messieurs. C'était très instructif, mais je dois y aller. J'ai besoin de me pénétrer du lieu où habitait la victime pour me faire une idée de qui elle était.

– Pardon ? Vous comptez faire quoi ?

Le commandant est interloqué par ce qu'il vient d'entendre.

– Visiter l'appartement du mort, Commandant, si je n'ai pas été assez claire pour vous.

– Pas question ! Vous n'êtes pas autorisée à...

Lacelle marque un temps, puis se retourne vers Glanges.

– Les scellés ont été apposés ?

– Pas encore. On n'a pas fait les prélèvements dans l'appartement. D'ailleurs, il ne faudrait pas que la petite dame...

Glanges jette un regard circonspect à Lorena. Il ne sait pas qui elle est ni ce qu'elle fout sous la tente.

– ... que la petite dame pollue l'endroit par sa présence.

– Vous me fournirez une autre combinaison avant que j'entre. Ainsi, pas de risques.

– Non !

Lacelle a crié, mais se reprend aussitôt et donne ses instructions à son adjoint.

– Didier, tu me postes un homme en uniforme devant la porte. Personne n'entre avant que la Scientifique soit passée et que les scellés soient apposés.

Il revient à Lorena sans tenter de cacher sa mauvaise humeur.

– Pigé, *Madame* ?

La tension sous la tente est palpable. Augne, mal à l'aise, détourne le regard et tombe sur la vision macabre de la cervelle de Charançon en partie répandue par le trou béant qu'a ouvert le hachoir dans le crâne de la victime. Il déglutit et s'intéresse à nouveau à la discussion jusque-là demeurée au point mort à l'instant même où Lorena Linards s'éclipse.

– Permettez...

Elle sort sans plus d'explications et revient deux minutes plus tard. Lacelle et l'agent spécialisé principal sont en grande discussion.

– Commandant ?

– Quoi encore ?

La psycho-criminologue lui tend son téléphone.

– Pour vous...

CHAPITRE 21

Des photos, il y en a partout dans l'appartement, encadrées et disposées bien en vue sur des meubles ou accrochées aux murs pour les grands formats. Linards les examine dans le détail. Des people, des sportifs, des animateurs télé, des chanteurs et des chanteuses, du beau linge réuni dans une collection de selfies sur lesquels Georges-Henri Charançon est en vedette à l'avant-plan, sourire éclatant, dents d'une blancheur surnaturelle et un regard radieux qui lui sied comme une perruque à une araignée. La pièce consacrée aux faire-part est d'une sordidité et d'un mauvais goût absolus. Dans sa quête, la profileuse ne trouve rien qui concerne le *haut sommet*, ni une quelconque personnalité importante du monde politique. Elle se refuse à fouiller dans les tiroirs, les secrétaires ou les commodes. Elle s'acquitte du strict minimum, regrettant d'avoir cédé à Nedde et de se prêter à ce simulacre d'espionnite. De son point de vue, le *haut sommet* peut s'enneiger sans crainte, il ne risque pas l'avalanche.

Une demi-heure suffit pour se faire une idée globale de la personne qui vivait dans cet intérieur cossu et surchargé.

Un cocon qui abritait une chenille extravertie le jour, un papillon de nuit le reste du temps. Question : quel est le lien entre Charançon et de Maizieux ? Leur meurtrier suit-il une trajectoire définie ou aléatoire ? Linards reste convaincue que le choix des cibles n'est pas le résultat du hasard, mais ressort d'un même projet. Vise-t-il les hommes ou ce qu'ils représentent ? Qui ensuite ? Si elle parvient à construire un schéma cohérent relié par des indices forts, parviendra-t-elle à dresser un portrait exploitable de la prochaine victime figurant sur la liste du tueur ? L'homme ne s'arrêtera pas là. Il ira jusqu'au bout, jusqu'à se faire prendre. Linards en mettrait sa main à couper.

Quand elle ressort à l'air libre, Lacelle l'attend, les poings sur les hanches, visiblement dans tous ses états.

— Ne me refaites plus jamais ce coup-là !

Lorena l'évite. Elle fait semblant de ne pas l'avoir entendu et le contourne. Le commandant la saisit par le coude.

— Attendez ! Vous avez compris ce que j'ai dit, oui ou non ?

— Lâchez-moi, vous me faites mal !

Trois quarts d'heure plus tôt, Lacelle avait pris le téléphone que lui tendait la psycho-criminologue. Nedde était au bout du fil. L'envie d'envoyer promener le dir.-de-cab. avait un instant titillé le commandant. Ce dernier ne lui en avait pas laissé l'occasion.

> « Vous avez l'ordre de laisser Madame Linards visiter l'appartement de Charançon. Et ce n'est pas négociable, Commandant. »

Lacelle avait sèchement rétorqué qu'il n'avait pas à lui obéir, que son supérieur hiérarchique était le commissaire général Jacques Bugeat, point barre. « Va te faire foutre » aurait-il volontiers ajouté... mais il s'était abstenu en ravalant de travers l'insulte.

CHAPITRE 21

« Quelqu'un veut vous parler, Commandant. Je vous le passe. »

La voix de faux-cul professionnel de Nedde avait laissé la place à celle d'un nouvel interlocuteur. Lacelle, pour l'avoir déjà entendue à la radio et à la télévision, l'avait reconnue immédiatement.

« Bonjour Commandant. Ici Bernard Darpantin, ministre de l'Intérieur. Comment allez-vous ? »

L'échange, après les politesses d'usage, avait été bref et sans équivoque. Lacelle avait dû céder à l'injonction du ministre de laisser la profileuse œuvrer comme elle l'entendait.

« Travailler en bonne entente est toujours un gage de réussite. »

Darpantin avait raccroché sur ces bonnes paroles. L'enfoiré.

Chez lui, le même soir, après avoir téléphoné à Nathalie et pris de ses nouvelles, Lacelle sent peser sur ses épaules le poids de la fatigue et de la lassitude. L'impression qu'en haut lieu on le prend pour le dernier des imbéciles n'y est pas pour rien.

Quant à Gaétan Morizet de la Barre il a été transféré en observation à l'hôpital Ambroise-Paré, victime de troubles nerveux persistants. Le commandant a pu s'entretenir avec lui en début d'après-midi malgré son état comateux dû au cocktail de calmants administré le matin même rue Verveine par le médecin du Samu. Le toubib n'y est pas allé avec le dos de la cuillère si l'on considère l'abrutissement du bonhomme plusieurs heures après l'injection. Lacelle s'en doutait, de la Barre est un dommage collatéral, il se trouvait au mauvais endroit au mauvais moment.

« Vivement Eymoutiers... »

Le commandant se masse les tempes en même temps qu'il bougonne entre ses dents. Il aimerait être heureux. Heureux pour des riens. Pour tout et son contraire. Heureux de n'avoir plus à se lever le matin pour figurer au palmarès d'une société qui lui est devenue étrangère. En s'endormant dans le fauteuil du salon dans lequel il se réveillera demain à l'aube, courbatu et tout habillé de la veille, l'idée que le tueur a mis un sacré coup de pied – ou plutôt de hachoir – dans le panier de crabes de l'*establishment* n'est pas pour lui déplaire.

CHAPITRE 22

Benjamin Sussac raccroche. Il contemple un bref instant son téléphone portable. Un modèle de la marque Vertu, cadeau d'un homme d'affaires libyen qu'il a cornaqué et présenté à des décideurs proches du pouvoir, lui évitant ainsi une perte de temps et donc d'argent. La Rolls-Royce des téléphones, un petit bijou qui attire les regards et suscite l'envie. Une bête de course frisant les dix mille euros. Sussac aime à s'en vanter en galante compagnie, un atout supplémentaire dans ses projets de séduction.

Fils unique d'un huissier et d'une magistrate, né en province à la fin des années 1970 dans une ville de moyenne importance, Sussac a été habitué dès son plus jeune âge à vivre dans l'aisance et la facilité que lui procurait l'argent de ses parents. Adolescent, le garçon rêvait d'une carrière de golfeur professionnel. Rares étaient ses copains qui partageaient son ambition. D'aucuns jugeaient que le golf était une activité réservée *aux tapettes*. Éloigné à Grenoble et mis en pension dans un lycée d'enseignement catholique franciscain en raison d'une accusation – mensongère s'en défendra-t-il toujours – d'exhibitionnisme dans les vestiaires féminins de son club de golf, Sussac en sort le baccalauréat en poche. Monté à Paris, il est bientôt diplômé de Sciences Po. Il entre à l'ENA où son passage est discret, voire transparent. Il adhère à un parti droitiste, avant de virer opportunément sa cuti pour le centre, dans une formation ni trop de gauche ni trop de droite, nulle part et partout à la fois. Ce qui lui permet de becqueter à tous les râteliers sans beaucoup se compromettre. La même année, il engrosse une ex-condisciple de l'ENA – brillante, elle. Il l'oblige à avorter au prétexte fallacieux qu'ils sont trop jeunes pour se mettre un enfant sur les bras. Il emploie le terme de « boulet », ce qui scelle définitivement leur séparation. À la suite de quoi il décide que l'amour est une idée fixe qui rend con et s'en méfiera à l'avenir comme d'un violon mal accordé.

À suivre…

Le Vertu en poche, Sussac s'assoit dans un confortable canapé en cuir pleine fleur. Un mobilier luxueux décore l'hôtel particulier mis à sa disposition par Henri Féval de Largadère rue du Faubourg Saint-Honoré, où il crèche depuis trop longtemps à son goût. Le relégué pousse un soupir avant de pêcher sur la table basse une revue de mode qu'il feuillette sans y porter un grand intérêt. L'échange téléphonique avec le secrétaire du parti au pouvoir, dont il était il y a quelques semaines encore le porte-parole attitré, a été cordial mais tendu. Toujours la stupide histoire de la photo de son sexe en érection envoyée par SMS à une jeune stagiaire attachée parlementaire. Cette regrettable affaire a pris des proportions dantesques en raison de sa médiatisation *via* les réseaux sociaux. Si se rendre sympathique aux yeux du public consiste à donner l'impression de ne rien garder par-devers soi, sa cote de popularité devrait atteindre des sommets. Ce n'est évidemment pas le cas, tout au contraire.

CHAPITRE 22

Mis au vert, pour ne pas dire à l'écart, dans le but de se faire oublier et à la demande du président en personne, Sussac se morfond sur son sort. Il sait qu'en sous-main, ses concurrents du parti ne se privent pas de lui tailler des croupes. Et alors ? Putain d'hypocrisie ! Quel homme politique ignore que pouvoir, argent et sexe vont de pair ? Qui, oui, qui est assez crétin, ou pire *incorruptible*, pour un jour ou l'autre ne pas céder aux chants des sirènes ? Plus encore avec l'accession aux commandes d'une nouvelle génération de politiciens happée dans le sillage d'un président 2.0, des quarantenaires et des cinquantenaires qui mettent les doigts dans le pot de miel sans se soucier de savoir si, un jour ou l'autre, ils poisseront.

Sussac balance la revue sur la table basse et ferme les yeux. Il renverse sa tête en arrière comme si elle pesait des tonnes. Mon Dieu ce qu'il s'emmerde ! Le pouvoir est une drogue dure. Une fois le trip passé, la descente est un véritable calvaire. Bouffon d'un roi qui fait acte d'absence, à qui il lui est impossible de reprocher son désamour et sa discrétion prudente, Sussac se languit de revenir sous les feux de la rampe autrement qu'à oilpé et les roustons au vent. Un temps collaborateur de Frédéric Trousse-Canne lorsqu'il était l'un des pontes de l'Union européenne, il a eu le nez assez creux pour sentir le roussi et quitter le navire quelques semaines avant sa chute. Prédisant la catastrophe bien avant le tremblement de terre qui avait précité Trousse-Canne dans le gouffre, Sussac avait déployé son parachute doré et atterri en douceur dans le cabinet de la ministre du Budget de l'époque.

Après quelques minutes à rêvasser d'un destin national, Sussac passe aux toilettes. Pas moins d'une dizaine de lieux d'aisances dans l'hôtel particulier de Féval de Largadère. Son préféré est en marbre rose du sol au plafond. Équipé d'un grand miroir mural, on peut s'y voir pissouiller à son aise. Il n'y a pas de trône où s'asseoir, mais un urinoir en porcelaine blanche à alimentation par l'arrière, et donc réservé à la gent masculine.

Sussac observe d'un œil détaché cette queue médiatisée qui lui pose tant de problèmes. Une fois soulagé, il secoue l'engin avec vigueur, se rembraille et se lave les mains au-dessus du lavabo. Il en profite pour examiner en détail les traits de son visage dans la glace ovale et lumineuse dotée, ô luxe suprême, d'une radio intégrée, de la wifi et d'un écran tactile. Seulement 47 ans et les rides de la vieillesse forent déjà profond sa trogne de premier de la classe. Après s'être essuyé les mains, Sussac étire et fait remonter les chairs élastiques de son cou sous ses oreilles dans l'intention éphémère de s'autolifter. Déçu du résultat il laisse retomber le soufflet de peau. *Bah, pourquoi s'en faire ?* pense-t-il. L'âge n'apporte-t-il pas la respectabilité ? Même si, pour lui, il reste encore pas mal de temps à ramer à contre-courant avant de revenir sur le devant de la scène. Et pourquoi ? À cause d'une connasse de stagiaire, d'une bite au garde-à-vous et de l'hypocrite pudibonderie d'une société qui se roule d'aise dans la fange mais désire sentir bon, quitte à se parfumer la conscience en sacrifiant l'un des siens sur l'autel d'une morale à géométrie variable. Sussac en fait les frais aujourd'hui.

Le bout du tunnel n'est pourtant pas très éloigné. Dans quelques semaines démarre la campagne électorale pour le renouvellement de l'Assemblée nationale. Il compte bien se présenter dans sa région natale. Certes, il n'y a plus d'attaches, mais le député sortant, un vieux bigre décati, ne se représente pas. Problème : il doit être mandaté par le parti. Se présenter en candidat libre serait suicidaire. Si les conditions actuelles ne lui sont pas favorables, il possède dans sa manche un dernier atout. Un joker à sortir de sa manche au bon moment. Et ce moment-là lui semble être venu.

CHAPITRE 22

Attendre plus longtemps et le parti désignera un jeune loup aux dents longues. Un arriviste à l'affût que cooptera le député sortant moyennant des garanties pour sa retraite, notamment l'enterrement corps et biens d'un ou deux dossiers sensibles d'autorisations de construction accordées à des promoteurs amis, ou encore de subventions abusives à des associations fictives. Il doit agir vite et fort pour ne pas être jeté aux oubliettes. Sans négliger les risques qu'il encourt s'il se plante.

Bio, suite.

Sussac rallie le candidat à l'élection présidentielle deux ans avant son élection. Le présidentiable, jeune et dynamique, ancien ministre, balaie tout sur son passage avec un air de ne pas y toucher. Chavez français pour les uns, de Gaulle en herbe pour les autres, c'est dire s'il ratisse large dans les campagnes et dans les villes. Son truc : donner l'impression d'être l'un ou l'autre ou les deux à la fois selon son intérêt et ce que désire entendre son interlocuteur. Il crée son propre parti à la vitesse de l'éclair, à l'américaine, mouillant la chemise pour trouver du financement et de précieux appuis. Son plus ardent et premier supporter est Henri Féval de Largadère. Outre remplir les caisses du parti de diverses façons inventives, le milliardaire est son meilleur VRP dans le milieu de la haute finance et de la grande entreprise. Sussac devient alors le sherpa du candidat et accessoirement un porteur de valises sans état d'âme. Il entre et se fait une place dans le cercle fermé des intimes du futur président. Lorsque ce dernier est élu, il n'obtient ni un poste ministériel ni même un strapontin, mais endosse le rôle d'éminence grise. Homme à tout faire du nouvel élu, il est l'ordonnancier des hautes œuvres et des petits arrangements particuliers entre amis. Une position qui le fait se sentir intouchable au point d'envoyer sa biroute par SMS à une stagiaire qui n'en demandait pas tant.

Fin de la bio.

Sussac se sert un verre de pomerol d'exception. Un Pétrus 96 ouvert la veille pour déguster en accompagnement d'un sandwich jambon beurre préparé et livré par un bistrotier du coin. Le comble du snobisme, un mélange des genres parfaitement hype et qu'il prise volontiers. La cave d'Henri Féval de Largadère regorge de grands crus classés. L'ablation de ce Pétrus cicatrisera d'elle-même sans que le propriétaire des lieux ne s'en rende compte. Sussac boit une première gorgée du nectar à l'incroyable profondeur, aux arômes de mûres et de cassis surlignés d'une note de chêne elle-même relevée d'un soupçon de vanille. Il la fait rouler en bouche et sous sa langue, la laisse tapisser les parois de sa gorge. S'il n'est pas un amateur éclairé de bordeaux, la simple idée d'avaler une lampée représentant au bas mot la modique somme de 200 euros lui donne du courage. Quand on s'offre un tel luxe, même si l'on n'en est pas le créancier, le monde est à vous. Et de ce monde, il en possède la ligne directe.

Sussac assèche son verre, le repose sur la table de la cuisine et jette un œil au niveau du vin dans la carafe en cristal Baccarat. Il hésite à s'en resservir. Y renonce. Il lui faut avoir les idées claires et les *cojones* bien accrochées pour composer le numéro à dix chiffres qui lui donne un accès instantané au paradis... ou à l'enfer.

Il se lance, pianote sur son Vertu et branche le haut-parleur. Au bout de quatre sonneries, son correspondant décroche.

– On t'a pas dit de ne plus m'appeler ? Et là, ça tombe *vraiment* mal. Je pars pour une réunion du Conseil national de sécurité sanitaire.

L'accueil plutôt froid et direct ne démonte pas Sussac.

CHAPITRE 22

– Bonjour Monsieur le Président.

– Oui, c'est ça, bonjour. Mais on te demande de te faire oublier Benjamin. Ça concerne aussi ma ligne privée.

« Benjamin », le président n'a pas dit Sussac mais Benjamin. Il y a de l'espoir.

– Je... je n'en ai que pour une seconde.

– Une seconde de trop. Je raccroche.

Les tripes de Sussac exécutent un looping. Il faut harponner au plus vite le gros poisson, et il choisit le seul expédient susceptible de lui sortir la tête de l'eau.

– Pauvre Charançon, n'est-ce pas, Monsieur le Président ?

Sussac juxtapose à dessein les deux entités.

– Pardon ?

– Je veux parler de son assassinat. C'est terrible et fâcheux. Qu'en pensez-vous, Monsieur le Président ?

– Où voulez-vous en venir ?

Tiens, on est passé du tutoiement au vouvoiement. Le coup a porté. Sussac décide de jouer son va-tout.

– J'aimerais, Monsieur le Président, me présenter à la députation dans ma région d'origine. Le député sortant abandonne sa place.

Un frottement suivi d'un blanc, son interlocuteur a mis la main sur le micro de son portable, puis de nouveau la voix.

– Sussac, vous êtes-là ?

– Oui, Monsieur le Président.

– Vous m'obligez à me mettre à l'écart pour vous parler et je déteste ça.

– Pardon, Monsieur le Président, je...

– Et cessez de me lécher les bottes avec vos "Monsieur le Président" !

Le bon côté des choses, c'est qu'il n'a pas coupé la communication.

– D'accord, comme vous voudrez. Mais pour la députation ?

— Vous ne trouvez pas que vous exagérez un peu beaucoup après l'énorme connerie que vous avez faite ? Et non, le parti ne voudra certainement pas que vous le représentiez, et… et moi non plus d'ailleurs !

Il est temps pour Sussac d'avancer son dernier pion.

— Je comprends. Mais je me disais qu'après le meurtre de Charançon, certains charognards de la presse pourraient fouiner et brasser la… la merde qui finira sûrement par éclabousser alentour.

De nouveau un blanc. A-t-il poussé son pion trop près du bord de l'échiquier ?

— Vous me menacez, sale enfoiré !

Plus de Benjamin, plus de Sussac, mais de l'*enfoiré*. Il faut jouer serré, d'autant que la respiration saccadée à l'autre bout du fil trahit une colère en devenir.

— Pas du tout. Je fais de la prospective…

— De la prospective, mon cul ! Et vous croyez que je vais céder à ce chantage foireux ?

Maintenant, avancer son cavalier de l'Apocalypse :

— Comment va DJ Dadynamyte. Vous avez de ses nouvelles, Président ?

Sussac sucre le *Monsieur* afin de mettre en relief la fonction. Elle l'oblige aux yeux de son électorat de base à une irréprochable respectabilité. Il ne reste plus qu'à prier le diable de tous les enfers. Le blanc à l'autre bout de la ligne se fait plus long et la respiration plus nerveuse encore.

— Sussac vous jouez avec votre peau, là, vous savez ?

— Je sais, Monsieur le Président… Mais pour ce qui concerne la députation ?

Retour du « Monsieur » et nouveau silence. La partie d'échecs touche à son terme. Des gouttes de sueur coulent dans les yeux de Sussac. Il les essuie d'un revers de manche quand la voix de métal rouillé du président retentit dans le Vertu.

– Je vais voir ce que je peux faire.
– Merci Mons…
Trop tard, il a déjà raccroché.

Nouveau verre de Pétrus 96 qu'il avale d'un trait, cul sec. La chemise trempée, le palpitant au plus haut dans les tours, Sussac hache l'air entre ses dents comme s'il le découpait et le broyait pour mieux l'avaler. Le président a dit : « Je vais voir ce que je peux faire. » Sussac pousse un hurlement, un cri sauvage, un cri qui traduit sa victoire. Pas de doute, il sera investi par le parti et élu dans la foulée à la députation. Ce que veut le président, le parti le veut aussi.

« Putain de moi ! »

Sussac donne un coup de poing sur la table pour ponctuer son exclamation. La brève douleur qu'il ressent n'est rien à côté de la joie presque orgasmique qui l'envahit. Oui, il a eu raison de le forcer à intervenir en sa faveur. Quitte à payer plus tard son audace, mais il sera bien temps d'y penser. Après tout, c'est ce même président qui lui a demandé d'organiser, il n'y a pas si longtemps, un dîner incognito au palais Verveine avec DJ Dadynamyte. Charançon et lui ont fait le nécessaire en toute discrétion. Rien n'a percé de cette soirée privée. Et, aujourd'hui, Sussac récolte les fruits mûrs de son honnête labeur.

CHAPITRE 23

Trois kilomètres, pas grand-chose si l'on considère l'habitude prise de marcher en ville des heures durant pour réfléchir et faire taire en moi les idées noires de renoncement et de retour dans le rang. Pour les réduire au silence, je dois les noyer dans l'océan de la réflexion, d'un questionnement sur la vie et la mort. Il me faut recuire cette écorce rongée par des sentiments contradictoires. La raison doit être folle, excessive, féroce, sinon elle a tort. À 20 ans, c'est un sacré pari. Perdu d'avance, enfin je crois, mais qui me maintient à la surface. De toutes les manières, par n'importe quel bout que je prenne le problème, il m'est impossible de reculer, de retourner dans l'appartement de ma mère, de me faire oublier et de rentrer dans le moule après l'avoir fêlé. Je ne pourrais plus me regarder dans une glace. Je suis mort jeune et écœuré. Renaître vieux et consentant n'a pas de sens.

Après le Première Classe de Villepinte, une nouvelle chambre dans un nouveau décor à l'hôtel Egg de Sevran, sans chichi, fonctionnel, d'une neutralité aseptisée, formatée, je m'y suis installé dimanche soir. Toujours pas d'appel de la commissaire. Ma lettre ne lui est-elle pas parvenue ?

A-t-elle été interceptée ? Ils ne peuvent rien contre moi, aucun indice hormis le numéro du téléphone jetable acheté dans une boutique et la carte SIM dans une autre. Il partira à la poubelle d'ici deux jours s'il s'obstine à rester muet. En revanche, je suis à la merci de la femme. Si elle me joint, si nous nous rencontrons, je serai probablement interpellé. C'est un risque à prendre. Une fatalité à accepter. Le désespoir est un passage obligé, une douane à franchir avant de sentir sur sa nuque l'haleine d'une défaite dérisoire. Les flics monteront-ils une souricière ? J'en viens à l'espérer. Cette vie de fugitif n'est plus tenable. Elle m'enlise. Je souhaite la netteté du tragique. Une liquidation sans retour, sans échappatoire. Je veux m'expliquer pour partager ma détermination. J'ai tué pour être entendu, pas assimilé ou comparé.

Mon intuition est pourtant fondée sur du sable : *la commissaire m'écoutera*. Elle relaiera la sueur mentale d'un jeune illuminé. Oui, elle fera valoir la parole d'un paumé. D'un homme à peine né qui rejette le monde inhumain qu'on lui impose. Qui a perdu sa mère, assassinée tout autant que les deux types que j'ai hachés. Eux le méritaient, symboles de la caste prédatrice. Ils ont payé pour tous les autres. Un acompte arraché à ceux qui façonnent la société à leur image, à leur volonté obscène et à l'aune de leur avidité. Ceux qui phagocytent la planète, ses biens et ses habitants. Ces morts sont les premiers à supporter le poids de leurs actes. Ils sont coupables d'avoir tué ma mère et massacré nos vies pour satisfaire leur appétit insatiable. De cette société-là, il faudra bien que quelqu'un s'en charge, la mette sur la sellette et la terrorise puisqu'il n'y a plus que ce recours pour éveiller la conscience collective. La brutalité, le meurtre, l'exhibition de la violence. J'ai besoin d'une voix, d'une porte-parole. Si on m'arrête, si procès il y a, elle témoignera. Que sont les actes s'ils sont incompris et restent inexpliqués ? S'ils ne se justifient pas ? Cette commissaire...

qui d'autre ? Et pourquoi elle ? À cause d'une photo dans un journal ? Pour son regard capté par l'objectif en sortant d'une voiture ? Pour son air à la fois absent et terriblement outré ? Suis-je fou ? Ils le penseront. Je ne le suis pas. Je suis un hoquet dans le soupir du quotidien. Je suis révolté et malheureux. Je me sacrifie parce qu'il n'y a plus rien qui me rattache à la vie. À 20 ans, je suis déjà en état de décomposition sociale. À quoi sert-il de vivre des dizaines d'années sous le joug ? Est-ce une vie de participer à sa caricature ? Ma haine se transforme. Elle mûrit. J'entre en résilience comme on entre en religion. Je combats. Je lutte. Ils sont quelques-uns et nous sommes des milliards. Pourquoi ne pas essayer ?

Trois kilomètres me séparent du chantier de la nouvelle gare en construction de Sevran-Livry et de la ligne 16 du prochain Grand-Paris express. Ils sont avalés en une demi-heure. J'ai étudié toutes les possibilités d'accès, tous les chemins de mon hôtel au chantier et vice versa. J'ai choisi ce lieu, cette terre éventrée, pour une hypothétique rencontre avec la commissaire. Si je n'ai pas de réponse, pas d'appel, il me reste une feuille de boucher. Je m'en servirai. Je n'ai pas encore de cible... ou trop. Le président ? Dans l'absolu, atteindre l'emblème d'une démocratie dévergondée entre les mains d'une poignée de profiteurs serait l'idéal. Mais comment l'approcher ? Comment avoir le temps d'agir sans être intercepté ?

Rue d'Estiennes d'Orves, j'emprunte la passerelle. Elle conduit à la place de la Gare. J'en fais le tour. Au croisement avec le boulevard de Stalingrad, je retrouve l'entrée principale du chantier. À cette heure, c'est un défilé continu de camions et d'engins de travaux. Bulldozers, chargeurs, niveleuses, pelleteuses, ce monde mécanisé et barbare est le fidèle reflet du nôtre. Ils ont commencé le creusement de la gare. Des centaines de tonnes de terre transitent par ici dans un va-et-vient infernal. Le bruit des moteurs, la poussière soulevée qui reste en suspension et l'odeur de fuel imprègnent l'atmosphère enclavée sous un ciel gris et terne, souillé. Ce remue-ménage vous fait sentir minuscule. Une crotte de mouche sur l'écran panoramique d'un film qu'un machiniste schizophrène projette en accéléré. Figurants interchangeables d'une tragicomédie. Tout est fini avant d'avoir commencé. L'amour, la haine, le travail, la camaraderie, la famille, et surtout la stupéfaction d'être vivant.

En fin de journée, l'entrée est cadenassée. Des clôtures grillagées ceignent le chantier. J'ai fait l'acquisition d'une pince coupante. Nous nous rencontrerons ici avec la commissaire, au cœur de la nuit, au beau milieu de ce bordel, quand le chantier est au repos. *Inch'Allah !* comme j'ai déjà entendu dire des ouvriers nord-africains. J'aime cette idée d'une destinée supérieure qui nous dépasse. Ce sont là des baraquements provisoires, des grues, des excavatrices, mille endroits où se dissimuler, attendre et surveiller. À l'aide de la pince, je découperai plusieurs brèches dans la clôture qui seront des points de fuite. Sachant que c'est illusoire : s'ils le veulent, ils me cueilleront quand ils voudront. Ou bien si la femme m'écoute jusqu'au bout, peut-être même que je me rendrai. Rien n'est absolument clair dans ma tête. Sauf une chose : je fais une connerie. Je n'en suis plus à une près. Il faut qu'on parle de moi, de ma mère, de nos vies de merde. Tout déballer sur la place publique. Quel qu'en soit le résultat. Si j'y parviens, j'aurai fait ma part. La plus ingrate, la plus sanglante, mais la seule qu'il nous reste à nous, les moins que rien, les gens de peu. Allumer la mèche et prier pour qu'elle ne s'éteigne pas avant d'avoir atteint les bâtons de dynamite de l'insurrection. Si j'échoue, ils auront au moins eu peur une fois dans leur vie. Ils sauront qu'il existe des insoumis. Hommes et femmes qui n'acceptent plus leur modèle, ni qu'on les rançonne, qui se rebellent et tranchent dans le vif. Des insurgés qui mettent à nu et exposent à la vue de tous les nerfs d'un système économique et social gangrené.

La nuit dernière, pour la énième fois, j'ai pénétré l'enceinte du chantier pour des repérages. Des caméras de surveillance sont postées aux différentes entrées. Si on longe le canal de l'Ourcq pour faire une trouée à l'aide de la pince à proximité des baraquements, on peut se faufiler sans se faire voir. C'est dans ce périmètre qu'aura lieu la rencontre. Entre deux Algeco, dans un espace réduit à sa plus simple et terrible expression, un couloir de terre labourée et boueux.

Je retourne à l'hôtel. Il est 14 heures, je n'ai pas faim. Depuis le début de ma cavale, j'ai perdu cinq kilos. Déjà que je n'étais pas gros... Arrivé à hauteur de la poste de la rue Lucien Portiss, le téléphone sonne. Une décharge électrique, un coup de taser émotionnel, et je mets du temps à réaliser avant de plonger une main dans la poche de mon pantalon pour en extirper le portable. Il m'échappe, tombe par terre.

« Non ! Putain ! »

Des passants se retournent. Je le ramasse. Il n'est pas cassé. Il ne s'est pas ouvert. La batterie ne s'est pas détachée. Il bourdonne entre mes doigts. Je clique sur le symbole vert d'un combiné et colle l'appareil à l'oreille.

– Allô ?

Des gens me bousculent. Je gêne. Je bouche le passage. Pas de réponse. Il faut que je trouve un endroit tranquille. Coups d'œil affolés autour de moi. Je me précipite sous un abribus. M'assois sur un banc tagué. Des bris de bouteilles de bière jonchent le sol. Des mégots, un masque usagé. Un homme attend debout le prochain bus. Il est concentré sur l'écran de son smartphone. Un scooter passe. Son conducteur fait une roue arrière. Une femme d'origine africaine porte dans son dos et dans une écharpe nouée en croix son enfant qui dort. Jambes écartées, tête penchée sur le côté. Je vois tout. Je ne vois rien. Je répète, plus fort, la voix haletante, suppliante.

— Allô ?

Après ce qui me semble une éternité, c'est une voix de femme qui répond.

— Commissaire Viam à l'appareil.

CHAPITRE 24

La commissaire est en retard. Son Vélib a crevé et elle a perdu une bonne demi-heure à chercher une station avec un vélo disponible. Lacelle ne le sait pas et l'attend en ruminant son impatience. Lui fera-t-elle faux bond ? Elle en est bien capable. Jamais il n'a côtoyé quelqu'un si peu fait pour supporter ce que le monde a d'insensible et d'inexorable. Il est aujourd'hui certain que Viam est une étrangère en pays inconnu, une perpétuelle exilée. Elle ne mangera pas avec lui, alors il a déjeuné sur le pouce d'une tranche de jambon rassise accompagnée d'un morceau de pain caoutchouteux à souhait. En dessert, il s'est contenté d'un yaourt périmé à la vanille.

Quand enfin elle sonne à sa porte, il va lui ouvrir, soulagé qu'elle ne lui ait pas posé un lapin.

– Bonjour, Commissaire.

– Bonjour, Commandant. Désolée pour le retard.

Il l'invite à entrer et à se débarrasser de son blouson.

– Vous pouvez aussi enlever votre casque audio... Ce sera plus simple pour discuter, non ?

Viam le retire, confuse d'un oubli qui la met mal à l'aise. Lacelle l'accompagne dans le salon. Il lui propose à boire. Elle accepte un verre d'eau avant de s'asseoir dans un fauteuil et de jeter malgré elle un rapide coup d'œil dans la pièce.

– Ne faites pas attention au désordre. Ma femme est absente et je ne suis pas un fan du rangement... comme vous pouvez le constater.

Viam ne fait pas de remarque. Son hôte s'éclipse pour aller lui chercher à boire. Quand il revient, elle lui tend une enveloppe.

– La lettre. Lisez-la.

Lacelle décachette l'enveloppe. Il déplie la lettre et lit, puis il reste un moment songeur avant de commenter sa lecture.

– Je vois... Si Linards était présente, elle nous pondrait un essai sur la psychologie de son auteur. Votre avis, quel est-il ?

Pas de réponse. Viam a le don de le faire se sentir à l'étroit dans son propre appartement. En admettant que son mutisme ne soit pas une posture, il sous-entend que le simple fait de vivre est fatigant. Dans un de ses carnets, chez elle, celui de la salle de bains, Viam a noté cette réflexion qui pourrait expliquer son comportement : « Qu'il est humiliant de se trouver au milieu et non au centre d'un environnement qui se multiplie et se relaie sans que j'en comprenne l'utilité. »

Lacelle se force à passer outre. Il pose la lettre sur la table basse du salon.

– Soit ce type est cinglé. Soit, eh bien, il est... *cinglé*.

La commissaire reste de marbre. Elle juge au contraire l'homme intelligent et déterminé, mais n'en dit rien.

– Vous savez, nous aurions une chance de remonter jusqu'à lui grâce au numéro de téléphone...

Nouveau silence buté de son interlocutrice. Confronté à un mur, Lacelle relit le début de la lettre pour se donner une chance de ne pas s'énerver. Comment pourrait-il établir le contact avec Viam sans se montrer agressif ?

Il décide d'aller au plus simple.

– Alors, vous en pensez quoi, de la lettre et de ce type ?

Qu'en pense-t-elle ? Elle connaît chaque mot par cœur, chaque tournure de phrase. Dès sa première lecture elle a éprouvé le tragique singulier de la solitude de l'auteur. En revanche, pour ce qui est de la déontologie, une chose est sûre, elle a commis une faute grave en ne prévenant pas le directeur de cabinet du ministre. Peu lui importe d'ailleurs. Elle ne peut pas blairer ce faisan et son tempérament de larbin qu'il venge en tyrannisant ses subalternes. Et puis, la lettre lui est adressée personnellement, un appel au secours. Une tentative d'établir un pont entre elle et cet homme qui s'accuse des meurtres.

Constatant qu'elle n'ouvre toujours pas la bouche, Lacelle insiste.

– Voilà ce que j'en pense, *moi*. Deux possibilités s'offrent à nous. Pas une de plus. Soit vous allez à ce rendez-vous et nous le coinçons ensemble. Soit vous faites l'impasse et nous montons au créneau sans vous.

Viam se décide à parler.

– Et pour la hiérarchie ?

– Ça va dépendre de l'option que nous choisissons.

De nouveau un silence entre eux. Lacelle tente autre chose, il change radicalement de sujet.

– Vous connaissez la Haute-Vienne, Commissaire ?

Viam bafouille. Elle est déconcertée par l'incongruité de la question.

– Heu... Non, je n'ai jamais...

Elle laisse sa phrase en suspens, branche morte de sa parole anémique, puis d'une manière compulsive se met à frotter les paumes de ses mains sur les accoudoirs du fauteuil. L'attitude de Lacelle la désoriente. Elle ressent son passage du coq à l'âne comme une agression physique. Que cherche-t-il ? Le sourire qu'il arbore maintenant est-il sincère ou faux ? Quelle est donc cette expression sur son visage ? Cordiale, moqueuse ou provocatrice ? Elle tente de maîtriser de son mieux le sentiment de panique qui la submerge tandis que le commandant enchaîne.

– Dans quelques semaines, je rejoindrai Nathalie, ma femme, pour y couler une retraite méritée. Nous avons acheté une maison à Eymoutiers, vous savez…

Mais de quoi parle-t-il ? Viam, qui fabrique de l'absence au quotidien pour se construire une bulle protectrice, en vient à regretter le protocole strict et vide de sens des réunions du lundi matin au ministère. Le cadre dans lequel elles se déroulent fixe les choses et les gens. Il lui offre l'occasion d'être la commissaire qu'on attend qu'elle soit. Seule avec Lacelle, chez lui, sur son propre terrain, la situation lui échappe et dérape.

– Si vous avez l'occasion, venez nous rendre une petite visite. Je suis certain que Nathalie sera ravie de faire votre connaissance.

N'importe quoi… pense Viam. Il lui faut interrompre ce délire et couper court pour ne pas sombrer dans une panique incontrôlable.

– J'irai !

La commissaire ne maîtrise sa voix suraiguë qu'à grand-peine.

– Où ça, à Eymoutiers ?

– Au rendez-vous que me fixera l'auteur de la lettre.

– Je crois que vous faites le bon choix.

Le commandant a préparé du thé vert et servi Viam, qui n'y touchera pas. Lacelle distille le fil de sa pensée après avoir rempli les tasses.

CHAPITRE 24

– Je mettrai au parfum mon équipe et mon patron, Bugeat, à la Crim'. Je lui demanderai de ne pas prévenir Nedde et son ministre avant la fin de l'opération. De votre côté, vous devez garder le secret jusqu'à ce que nous ayons serré le type. Je ne fais aucune confiance aux politiques du ministère. Ces cons sont capables de nous fourrer le GIPN dans les pattes ou bien de faire pression pour nous débarquer, moi, Augne et toute l'équipe.

Il garde un goût amer de l'intervention téléguidée de Lorena Linards rue Verveine, du coup de fil du ministre de l'Intérieur et du passage inexplicable de la psycho-criminologue dans l'appartement de Charançon. L'assassinat de cet homme pose un problème à beaucoup de monde, davantage que celui de de Maizieux. Mais lequel ?

– Le mieux serait que nous dressions dès à présent une ébauche des grandes lignes de l'opération avant que vous ne joigniez le type de la lettre par téléphone.

Viam opine. Elle n'avait pas encore trop fait attention au timbre chaud et enveloppant de la voix du commandant. Une voix qui la rassérène en même temps qu'elle capte son attention.

La lettre, puisqu'elle est le fil ténu qui les relie au suspect, développe sans beaucoup de détails les motivations du meurtrier. Pourquoi s'est-il adressé à elle ? L'homme fait mention de l'article dans le journal et de sa photo. Est-ce suffisant ? Linards a raison sur un point dans l'analyse de sa personnalité : il est seul et en mal de communication. Leur trajectoire, quoique opposée, mais pour une même cause – Viam flic, lui assassin –, est-elle le dénominateur commun ? Il écrit : « Je ne peux plus supporter la société dans laquelle je survis. Elle nous a détruits, ma famille et moi. » Il ne donne guère de précisions sur la manière dont elle les a détruits. Il continue plus loin : « Je souhaite m'expliquer et légitimer mon droit à me défendre. Si vous ne répondez pas favorablement à ma demande, je m'attaquerai une nouvelle fois et pour l'exemple à un de mes ennemis qui sont aussi les vôtres et ceux d'une majorité des Français. » Une logique à la fois absurde et cohérente. Flippante et rationnelle.

– Comment fait-on concrètement ?

En réponse, Lacelle ne cache pas qu'il est inquiet. Les risques qu'ils prennent sont considérables. Le principal est que l'opération échoue, que le gars leur file entre les doigts. Pour avoir joué en solo, le retour de bâton du ministère serait alors brutal. À quelque temps de la retraite, le commandant redoute les conséquences d'un échec. D'un autre côté, son intuition lui souffle de ne pas jouer franc jeu. Ce n'est pas la bonne méthode.

– Je suis convaincu que Nedde et Darpantin nous blouseront si nous les mettons dans la confidence.

Une façon de sonder Viam. Après tout, n'est-elle pas leur agent de liaison ?

La commissaire croise les bras sur sa poitrine et se renfrogne. Une attitude que Lacelle interprète comme une incitation à développer.

– Alors voilà ce que je vous propose...

CHAPITRE 25

Après sa rencontre avec Lacelle au domicile de ce dernier, Viam ne retourne pas à son bureau. Elle rentre chez elle à pied, le casque Bose Noise Cancelling sur les oreilles. Elle évite les passants autant qu'il lui est possible, et change de trottoir à plusieurs reprises.

Ils s'étaient entendus sur le déroulé de l'opération. La commissaire serait équipée de deux micros HF miniaturisés dissimulés à l'intérieur de ses vêtements, et de deux traqueurs GPS. Lacelle connaîtrait à tout moment sa position exacte et réagirait en conséquence. L'équipe de la Crim' se mettrait en place quelques heures avant le rendez-vous fixé. Le commandant dirigerait la manœuvre. Il garderait le contact audio avec elle, ils étaient convenus d'un code, un mot précis au cas où la commissaire requerrait une intervention urgente de l'équipe.

– Vous sentez que ça tourne mal et la cavalerie déboule. Où que vous soyez, on se débrouillera pour y être en moins de deux ou trois minutes.

Viam avait insisté pour qu'il laissât s'exprimer l'homme. Lacelle n'y était pas favorable.

– Ce type est condamnable pour ce qu'il a fait, pas pour ce qu'il pense, Commissaire.

Elle s'était obstinée.

– L'enregistrement aura un intérêt pour le procès, pour étudier et mieux comprendre sa psychologie. La psycho-criminologue confrontera ses analyses à la réalité et en tirera des leçons pour l'avenir. Ce sera bénéfique pour tout le monde, vous ne croyez pas ?

Lacelle avait levé les yeux au ciel et s'était frotté les joues qu'une barbe de trois jours assombrissait, une fois n'était pas coutume. Faire appel à une profileuse relevait d'une perte de temps. Cédant de mauvaise grâce devant l'insistance de Viam, il avait fini par accepter. La conversation serait donc enregistrée.

En ce qui le concernait, le commandant avait bataillé ferme pour que la commissaire portât son arme de service sur elle.

– Vous gardez vos distances. Au moindre soupçon, au moindre geste suspect ou propos inquiétant, vous le braquez et nous arrivons en renfort.

– Il ne m'agressera pas. J'en suis convaincue.

– Je n'en suis pas si sûr... Mais peu importe. Nous nous devons de parer à toutes les éventualités. Et croyez-en mon expérience, la gueule noire d'un SIG-Sauer pointé sur vous est très dissuasive.

– Et s'il demande à me fouiller ?

– Pas question. On arrête tout. Vous le tenez en respect, on débarque et on le coince... d'une manière ou d'une autre.

– Je ne suis pas certaine de...

– Il en est encore temps, Commissaire. Vous pouvez changer d'avis si vous ne vous en sentez pas capable.

Ils enverront une doublure à votre place et, sitôt le contact établi, bonjour le rodéo.

Viam s'était rendu à ses arguments pour des raisons qui n'étaient pas celles du commandant. La commissaire souhaitait se confronter à l'homme qui l'avait choisie. Elle se sentait inexplicablement redevable de ce choix. Qu'y avait-il derrière ces assassinats épouvantables ? La lettre qu'elle avait reçue n'était pas celle d'un barbare ou d'un détraqué. Elle avait fait part de son sentiment à Lacelle.

– Il n'est pas impossible que le meurtrier soit quelqu'un comme vous et moi, Commandant. Que son dessein ne soit pas celui d'un fou mais d'un homme pressé et poussé à bout... Peut-être est-ce ce qui effraie en haut lieu : ne pas pouvoir le rattacher à un groupe quelconque d'activistes. Une espèce d'avatar d'un Jean-Marc Rouillan, par exemple : identifiable, traçable, qu'on exhiberait telle une marionnette afin de travestir ses véritables motivations sous les traits commodes d'un terroriste. Un épouvantail, militant d'une cause perdue à qui on opposerait l'ordre et la raison d'État. En résumé, tout faire pour qu'on ne puisse pas cerner, ou trop bien au contraire, ses véritables motivations, au risque qu'il échappe à l'ordinaire rassurant du monstre basique.

La longue intervention de Viam avait étonné le commandant. La commissaire était presque volubile. Il s'en serait fallu d'un cheveu qu'il la trouvât fréquentable alors qu'elle parachevait sa démonstration.

– En fin de compte, ils invoqueront la démence meurtrière d'un déséquilibré. Ce sera plus simple et moins contagieux. Un fou ne se reproduit pas. Il est isolé et sans héritiers putatifs.

Elle téléphonerait donc à l'homme qui se prétendait être l'auteur des faits. Une fois qu'ils en sauraient davantage sur l'éventuel jour et heure du rendez-vous, ils peaufineraient leur plan. Lacelle se chargerait de prévenir Augne et son équipe, avant d'avertir Bugeat. Ce qui ne s'avérerait pas une partie de plaisir si jamais le commissaire général ne marchait pas dans la combine.

— Et s'il refuse ?

La réponse de Lacelle avait été abrupte et sans nuance.

— Eh bien nous serons alors dans une sacrée merde, Commissaire.

Viam n'avait pas sourcillé et pris l'initiative de brancher le haut-parleur de son smartphone avant de composer le numéro indiqué dans la lettre.

Après plusieurs sonneries, un homme avait répondu par un « allô » dont l'accent perplexe traduisait la surprise. Les mâchoires verrouillées par le stress et la poussée d'adrénaline engendrés par la voix de l'inconnu, Viam était restée muette. En arrière-fond sonore, on entendait des bruits de circulation automobile et quelques bribes de conversations décousues. Le type se trouvait dans une rue passante. Quelqu'un tout près de lui l'avait apostrophé.

« Poussez-vous ! Vous voyez pas que vous gênez ! »

Aussitôt après, des pas rapides. L'homme se déplaçait, le souffle court. Il avait gardé le téléphone collé contre son oreille.

— Allô ?

Un halètement cette fois. L'intonation était plus inquiète, quasi suppliante. Lacelle avait incité d'un geste la commissaire à répondre avant qu'il ne raccrochât.

— Commissaire Viam à l'appareil.

CHAPITRE 26

Darpantin arpente à petits pas nerveux la salle de réunion, la tête rentrée dans les épaules et les mains croisées dans le dos. Depuis qu'il a pris la parole, il ne mâche pas ses mots. Viam et Nedde sont assis de part et d'autre de la table. Ils évitent de se regarder et encaissent sans broncher la mauvaise humeur du ministre de l'Intérieur.

Quand il avait appris les conditions de l'arrestation, Darpantin avait piqué une colère noire. Comment et pourquoi n'avait-il pas été prévenu en amont de l'opération ? À quoi servaient Viam et Nedde s'il en était réduit à attendre, *comme un con* selon sa propre expression, qu'on daigne l'informer ? Était-il le ministre de l'Intérieur ou un quelconque grouillot endimanché ? Il avait convoqué son directeur de cabinet dans son bureau. Le savon qu'il lui avait passé moussait encore quand Nedde en était ressorti, lessivé et amidonné d'invectives. Sans parler de cette commissaire qui jouait sa partition en solo sous leur nez.

« Nous l'avons nommée à ce poste parce qu'elle avait toutes les qualités requises pour ne pas nous emmerder.

Ou plutôt aucune de celles qui pourraient nous gêner, bordel de merde ! »

Cédant à la véhémence de son propos, Darpantin ne dissimulait plus les relents langagiers de sa filiation médiocre, qui remontaient à la surface. Sa *basse extraction*, qu'aimaient à rappeler ses détracteurs.

Père et mère ouvriers, le jeune Bernard s'était façonné à la force du poignet. Courbant l'échine quand il le fallait et montrant des dents si nécessaire. Il avait en héritage, et en commun avec les hommes politiques de son acabit, qu'il donnait l'impression d'avoir été conçu pour ça. Pragmatique, il faisait sienne la pensée du peintre Gaston Chaissac, fils de cordonnier aux origines modestes comme lui. L'artiste résumait en une courte phrase la philosophie adoptée par un Darpantin ministre : « Je pense rien de tout et tout de rien. »

Encaissant sa diatribe en pleine poire, Nedde s'était gardé de répliquer. Il était inutile de rajouter de l'huile sur le feu au risque de carboniser son avenir.

« Vous m'aviez affirmé qu'elle était fiable ! Qu'elle avait un problème dont on saurait tirer profit. Selon vous, elle était inoffensive. C'est bien ça, “inoffensive” ! Ou alors j'ai rêvé ? »

Nedde avait approuvé d'un hochement de tête respectueux. Dans la voie choisie par le dir.-de-cab., on se devait certes de plaire à tout prix, mais surtout de ne pas décevoir. Plaire consistait à se soumettre, à s'allonger symboliquement sur le dos, les quatre fers en l'air, corniaud dominé par le mâle alpha, quitte à mordre par-derrière dès qu'on en avait l'occasion.

« Vous m'aviez assuré qu'elle était effacée, inconsistante. Qu'elle ne prendrait pas d'initiative sans votre accord. Qu'elle serait aux ordres, qu'elle était... comment déjà ?

ah oui ! “asociale, aisément manipulable”... ce sont vos mots, Nedde, je ne me trompe pas, n’est-ce pas ? »

Ainsi de suite sur ce même registre et durant de longues minutes, à tel point que la chemise sur mesure modèle Quatersolo bleu à col italien en twill chevron de chez Howard’s Paris du dir.-de-cab. était trempée à cœur quand avait pris fin l’entretien. En quittant le bureau du ministre, Nedde avait senti le foret du dégoût creuser en lui un chemin pavé d’écœurement de soi-même et de sa pusillanimité. Un fiel qui l’empoisonnait et avait une odeur, celle de sa transpiration aigre. Dans le couloir, il s’était adossé au mur pour se remettre de l’engueulade. Darpantin était apparu dans l’encadrement de la porte, jambes écartées, mains sur les hanches, véritable totem thériomorphe du clan des dominants.

« On se retrouve dans la salle de réunion dans une heure, Nedde. Et je veux que Viam soit présente. Et surtout, oui surtout, qu’elle ne la ramène pas, votre putain de... d’*asociale* ! »

Dans la salle de réunion, la *putain d’asociale* demeure impassible confrontée aux reproches du ministre de l’Intérieur. Nedde, quant à lui, serre les dents à s’en faire péter les plombages. Deux avoinées dans la même journée, voilà qui commence à lui chatouiller les gonades. Quand la coulée des récriminations se tarit enfin – peut-être par épuisement du gisement, mais plus sûrement parce qu’il faut trouver une solution, et vite –, il règne dans la pièce un climat d’extrême tension.

– Bon... Il n’y a plus à y revenir, passons à autre chose.

Darpantin, surpris par sa soudaine mansuétude, laisse échapper un faible sourire curé du moindre soupçon de bienveillance.

– Maintenant, Commissaire, expliquez-moi par le détail comment vous vous êtes retrouvée dans les filets de la Crim’ à jouer les proies pour eux ?

Viam prend son temps pour répondre, ce qui agace Nedde et lui donne l'occasion de relâcher la pression de sa cocotte-minute émotionnelle sur celle qu'il considère, à tort, comme son employée.

— On n'a pas toute la journée, Commissaire !

Viam fixe sans émotion le clown triste en chute libre dans le gouffre abyssal de sa susceptibilité bafouée qu'est dir.-de-cab.

— Fermez-la, Nedde !

Darpantin a tapé du poing sur la table en même temps qu'il intervenait.

— Je vous écoute, Commissaire.

Viam reporte son attention sur le ministre. Le ton qu'elle emploie pour lui répondre sonne désagréablement à ses oreilles, pareil à la voix mécanique et désincarnée d'un répondeur vocal, sans aucune inflexion, ni la moindre chaleur ou même froideur, une simple relation chirurgicale des faits. Elle ne cherche pas une seconde à se justifier ni à s'excuser. L'opération a réussi, c'est l'essentiel. Le but est atteint. Le suspect a été arrêté. Il sera jugé et condamné. Viam clôt son exposé factuel en le résumant d'une phrase toute faite. Vidée de son habituelle emphase, elle résonne comme une menace déguisée, une épée de Damoclès suspendue au-dessus de la tête des deux hommes. Une manière de ne pas y toucher qui ressemble à s'y méprendre à un avertissement.

— J'ai agi selon l'intérêt général.

Excédé, Nedde veut intervenir. Le ministre l'en dissuade d'un geste de la main. Il préfère clore le débat sans aller au-delà d'un constat d'une banalité lénifiante.

— C'est fait. Oui, c'est fait, n'en parlons plus. Ça ne changera rien de toute façon...

Il se lève et se dirige vers la baie vitrée qui offre une vue plongeante sur la place Beauvau. L'esprit vacant, il contemple le va-et-vient monotone des voitures en contrebas. S'abîmant bientôt dans sa réflexion, il en oublierait presque la commissaire et le dir.-de-cab. qui attendent son bon vouloir. De dos, le regard en vadrouille, perdu dans ses pensées, Darpantin projette sur la baie vitrée l'image d'un chasseur éreinté par une trop longue traque sur la piste douteuse d'un gibier dont il ne connaît pas la dangerosité.

Darpantin a accepté sans enthousiasme sa nomination à la tête du ministère régalien de l'Intérieur qui, de notoriété publique, est une source d'emmerdements puissance dix. Bien souvent, il a marqué un arrêt brutal dans les carrières prometteuses des récipiendaires. Le prédécesseur de Darpantin a pris les rênes du parti du président afin de mettre au pas une poignée de députés de la majorité. Ces guignols ne se sentaient plus pisser depuis qu'une écharpe tricolore ceignait leurs poitrines républicaines. Le problème généré par la désignation à la députation de néophytes issus de la société civile aurait pu être anticipé... mais ne l'a pas été, soit par paresse, soit par naïveté. Ne connaissant rien aux arcanes de la politique politicienne, un certain nombre d'entre eux se sont pris les pieds dans le tapis peu après l'élection. D'autres ont désobéi aux directives du parti avec une désinvolture proche de l'amateurisme. Le président souhaitait y mettre bon ordre, d'où un remaniement gouvernemental et l'accession de Bernard Darpantin à l'Intérieur. Dans la foulée, son prédécesseur jouait les redresseurs de torts. Il excluait les récalcitrants, devenus du jour au lendemain des députés sans étiquette, en solde et à l'avenir aussi prometteur que celui d'un veau sur le chemin de l'abattoir.

Le ministre ferme les yeux. Il tente de se concentrer sur les difficultés du moment. Le président est inquiet par la tournure prise par les événements. Il l'a fait savoir.

Le suspect arrêté n'est pas en soi une difficulté si on réussit à le réduire à la condition d'un pauvre fou ayant pété les plombs. Non, ce qui le préoccupe davantage est l'instruction en cours. Il suffirait que le juge nommé pour la mener fasse du zèle. Un magistrat de gauche par exemple, et de surcroît politisé, pour qu'un tas de merde remonte à la surface et empuantisse l'atmosphère. Fort d'un instinct naturel de destruction, le président n'ignore pas le pouvoir dévastateur de la mauvaise herbe quand elle vient à envahir votre pré carré. Lui-même a été chiendent avant de se métamorphoser en fleur de lys. Darpantin n'ignore pas les craintes du président. Nedde les connaît aussi, ainsi qu'une minorité d'intimes. Un cercle restreint est au courant de l'existence de DJ Dadynamyte dans l'entourage privé du chef de l'État. Si un petit juge fouille dans les poubelles de la République, l'affaire prendra une tournure embarrassante. Le président n'a bien sûr commis aucune forfaiture en dînant secrètement avec le fameux DJ Dadynamyte chez Georges-Henri Charançon. Mais combien d'ennemis, déclarés ou pas, n'ont pas l'esprit placé en dessous la ceinture ?

Et puis, il y a en ligne de mire les prochaines élections. Les sondages ne sont pas folichons. La majorité risque de perdre un nombre conséquent de ses membres et de ne pas être absolue au parlement. La décision de ne plus lier la tenue des élections législatives à celle du président de la République a été une idée *géniale* d'un proche conseiller. Un signe lancé à la Nation que ce dernier était un grand démocrate et ne cherchait pas à spolier de son droit le peuple souverain. Connerie sous toutes ses formes, oui ! On en voit le résultat calamiteux. Des illuminés prêchent l'instauration de mandants révocables si les élus ne tiennent pas leurs promesses. Pire encore, l'éventualité d'une future cohabitation est à l'ordre du jour. Cerise sur le pudding lié à toute cette tambouille électoraliste, il y a un Sussac exhibitionniste à caser dans une circonscription en le faisant auparavant adouber par le parti. Un ordre du président en personne, et Nedde a été missionné. Il doit se charger du problème, contacter l'ancien ministre de l'Intérieur et lui refiler la patate chaude.

Darpantin se retourne. Éclairé à contre-jour, son ombre portée caresse le parquet en point de Hongrie de la salle de réunion. Il sourit à la commissaire et au dir.-de-cab. Un sourire de faux-cul patenté qui, une fois décodé, signifie : « Je vous promets des lendemains qui déchantent. »

– Nous allons tirer un trait sur ce regrettable manquement de la commissaire et nous allons avancer.

Nedde avale sa salive, ne sachant s'il faut se féliciter de cette déclaration ou la craindre. Autant demander à une sardine si l'eau de mer est salée ou douce. Viam, elle, ne bronche pas.

– Le mieux...

Darpantin laisse traîner en longueur le début de sa phrase.

– ... oui, le mieux serait qu'il n'y ait pas de procès. Mais c'est impossible je suppose, n'est-ce pas ?

Silence. Le ministre se rassoit. Il pose son smartphone sur la table.

– Vous avez quinze minutes pour me proposer des solutions que je pourrai ensuite relayer auprès du président et du garde des Sceaux. Nous avons une réunion en commun à ce sujet en fin de journée. Le Premier ministre sera présent. Je vous écoute...

De l'index il appuie sur une touche du clavier digital de son téléphone et met en marche le minuteur de l'appareil.

– C'est parti !

En vérité, rien de ce qui sortira de la bouche de ces deux collaborateurs ne lui importe. Le président et son cabinet rapproché, les fidèles parmi les fidèles, ont déjà envisagé toutes les éventualités, en en privilégiant une en particulier malgré les réticences de quelques-uns.

« Raison d'État ! » Le président avait tranché, coupant net la chique aux indécis confrontés à la radicalité de la solution prescrite. Mettre dans la confidence ses amis proches était aussi un moyen pour lui de les mouiller jusqu'au cou et, si besoin, de trouver en leur sein un bouc émissaire en cas de ratage complet. Pour ce qui concernait les détails accessoires, et dans un premier temps, Jean-Michel Nedde bénéficierait d'une promotion du genre placard doré. On lui ferait comprendre tout l'intérêt qu'il y avait à l'accepter sans faire d'histoires. Et aussi de se tenir à carreau. La commissaire Fleur Viam, elle, serait mutée dans un commissariat de province. Un coin perdu quelque part à la campagne où elle pourrirait sur pieds. Pour faire passer la pilule, on lui laisserait le choix du trou à condition qu'il soit profond. Peut-être nommerait-on Lorena Linards à sa place. Un joli camouflet à faire à Nedde. Un peu de gaz à mettre dans l'eau de leur relation plus ou moins amoureuse qui, selon les derniers renseignements du ministre de l'Intérieur, battait de l'aile depuis le meurtre de Charançon et l'obligation faite à Linards de jouer les détectives à la petite semaine.

Darpantin écoute donc d'une oreille distraite son dir.-de-cab. déblatérer sa science inutile et ses propositions ineptes. Il en profite pour couler en douce un œil sur Viam. Cette dernière l'inquiète davantage qu'elle ne devrait. N'a-t-elle pas braqué Nedde dans son bureau pour une vague main aux fesses ? Les faits sont avérés et corroborés par la secrétaire du dir.-de-cab., qui en a fait des gorges chaudes auprès de tout le personnel féminin du service. Viam est-elle aussi inoffensive que le prétend Nedde ? S'il fallait une preuve du contraire, l'arrestation du Tueur au hachoir et de sa participation en première ligne en est une.

— Et vous, qu'en pensez-vous, Commissaire ?

CHAPITRE 26

Le ministre a coupé le pauvre Nedde en plein milieu d'une phrase. Interloqué, celui-ci manque de s'étrangler en ravalant de travers ses derniers mots.

– Pour qu'il n'y ait pas de procès, il faut qu'il n'y ait pas de prévenu...

La réponse de la commissaire est lapidaire et glaciale. Darpantin n'en croit pas ses oreilles. Y aurait-il eu des fuites ?

CHAPITRE 27

Quelques heures seulement après la réunion au ministère de l'Intérieur entre le ministre, le directeur de cabinet et la commissaire Viam, No Média, un groupement de journalistes indépendants, divulgue sur son site Internet la retranscription écrite et intégrale de la confession du Tueur au hachoir enregistrée juste avant son arrestation. Le blog est pris d'assaut. Les connexions frôlent les quatre cent mille en moins d'une journée. Dès le lendemain, le site est fermé par le FAI sur ordre des autorités judiciaires. No Média est accusé de violer le secret de l'instruction. Une perquisition a lieu dans les locaux de l'association pour trouver l'origine de la fuite, en vain. Les observateurs politiques entrevoient un affolement certain au sein des instances dirigeantes, notamment en ce qui concerne les raisons invoquées pour les meurtres. L'homme affirme ne pas viser les individus, même s'il en a assassiné deux, mais un système à qui il impute la responsabilité de ses actes. Le ministre de l'Intérieur se fend d'un communiqué lapidaire. Il assure qu'on a affaire à un suspect à l'esprit dérangé. Il ajoute que les journalistes ayant pris part à cette mascarade en dévoilant les élucubrations d'un fou sont au mieux des inconscients, au pire des complotistes.

Le surlendemain, un nouveau blog fraîchement créé dévoile ce même enregistrement, cette fois dans sa version audio. L'impact sur ceux qui le consultent en est décuplé. Entendre la voix posée du meurtrier, ses explications, le cheminement du raisonnement qui l'a contraint à agir et s'apercevoir que l'homme est âgé d'à peine 20 ans, puisqu'il le précise en répondant à la première question qu'on lui pose, engendre une onde de choc qui menace à court terme de se transformer en tsunami. Le blog est à son tour assailli de connexions, plus d'un million, puis fermé d'autorité. Trop tard. Dupliqué, il est repris en boucle par des dizaines de blogueurs, passant de l'un à l'autre à la vitesse d'un incendie attisé par le mistral. Basés pour la plupart à l'étranger, ces blogs finissent par n'être plus maîtrisables. La controverse suscitée par les meurtres du Tueur au hachoir devient une affaire d'État. Elle secoue le cocotier du pouvoir ainsi que les bourses, au sens propre et virtuel, des milieux économiques et financiers. Des voix anonymes ou connues de plus en plus nombreuses s'élèvent pour fustiger un système inhumain. On reproche le fait que les avoirs des plus riches ont doublé durant la crise sanitaire alors que la pauvreté, elle, n'a cessé d'augmenter au sein de la population française.

Le fondateur de No Média avertit la presse qu'il détient une information en marge de l'enregistrement. Elle pourrait mettre à mal l'image du président. Cependant, il refuse d'en dévoiler la teneur exacte. Il attend de voir comment le gouvernement réagira aux exigences de justice sociale réclamée par une grande majorité du pays et à la nécessité d'inventer un nouvel ordre économique équitable et égalitaire. Cette menace ne tombe pas dans l'oreille d'un sourd. Le journaliste se retrouve en garde à vue malgré les protestations de ses avocats et un motif pour le moins flou et de circonstance. Le ministre Darpantin réagit et traite le fondateur de No Média de factieux et de complotiste (décidément un mot fourre-tout à la mode). Des confrères du gardé à vue notent qu'on n'a pas employé ce terme de *factieux* depuis un certain Charles de Gaulle. L'un d'eux écrit dans son journal : « Allons-nous passer du "quarteron de généraux en retraite" de la guerre d'Algérie à un "quarteron de journalistes en prison" s'il venait au pouvoir en place l'idée de museler la presse indépendante ? »

CHAPITRE 28

Je ne sais pour quelle raison ils m'ont mis à l'isolement. Les sept derniers mois, je les ai partagés avec un codétenu, lui aussi en préventive. Il me feuilletonnait son histoire, en commençant par sa jeunesse dans un petit village touristique du sud de la France. Il évoquait la plage et les soirées d'été à faire la fête. Le léger sourire qui naissait sur ses lèvres à l'évocation d'un temps révolu semait des graines d'innocence dans notre cellule. Le mirage d'une jet-set dorée l'avait contraint à *péculer*, c'était son mot, pour être au niveau. Il m'a avoué qu'à l'époque, il lui aurait été difficile de parler d'un monde qu'il ignorait.

« Mais j'ai pris le risque de le connaître en continuant d'en être ignoré moi-même. »

Le regard ému, il avait chassé d'un clignement d'œil une larme importune. Pognon ou pas, il ne faisait pas parti du sérail.

« Le feu, tu vois, je veux dire sa chaleur, ça fascine, mais si tu t'en approches de trop près, ben tu crames mon pote. »

Fils d'un artisan maçon et d'une caissière de supermarché, il fréquentait des jeunes gens aisés qui dépensaient sans compter l'argent de leurs parents. Pour se faire du fric, il avait d'abord dealé de l'herbe, puis de la coco et enfin de l'héro. Premières arrestations, premières peines de prison, premières libérations et retour à la case départ. Il n'avait pas le choix des armes, et son père avait fini par le foutre à la porte de chez lui.

« "T'es qu'un sac troué", ç'a été sa seule explication avant de me mettre à la rue. »

Un soir, nous venions de nous allonger sur nos couchettes respectives, il s'était laissé aller à penser tout haut.

« Tu le sais bien, mon pote, les gens simples, quel moyen ils ont pour monter en grade et becqueter à la table des nantis ? »

Un constat sans aigreur, la stupéfaction a *posteriori* d'avoir été expulsé de soi-même, comme s'il se voyait vieillir à grande vitesse dans une glace et qu'il ne se reconnaissait pas.

De fil en aiguille, il était devenu une pointure dans son domaine et avait dû se battre pour le rester. À sa façon, il suivait le seul schéma qui s'offrait à lui comme à une majorité d'entre nous : marche ou crève. Résultat, à 29 ans, il s'est retrouvé en taule pour un homicide. Lui affirme qu'il se défendait, le type voulait le planter, il a riposté et ça a mal tourné.

Joseph, c'est son prénom, m'a donné l'accolade et un ultime conseil quand ils sont venus me chercher pour me transférer à l'isolement.

« Lâche rien frérot. »

Tout le monde a eu vent de ma carrière, des gardiens aux détenus. Si la médiatisation s'est un peu calmée ces dernières semaines, elle a repris de plus belle à l'approche de mon procès. À la télé et dans la presse écrite, on ne m'appelle plus que le *Tueur au hachoir*. Dès l'instant où l'enregistrement a été divulgué, les choses se sont emballées. Beaucoup m'en veulent d'avoir cherché à briser les chaînes d'un système économique négrier et tenté d'éveiller la conscience collective par des actes jugés monstrueux. Se sentent-ils de la même espèce que ce *monstre* qu'ils mettent au pilori, mais sans avoir l'audace de franchir le pas et d'en devenir un à leur tour ? Rien n'a changé pourtant. Comment en serait-il autrement ? Moi qui croyais allumer une mèche, je n'ai réussi qu'à agiter en surface l'eau de la contestation.

Mon avocat ne veut surtout pas que nous politisions le procès.

« Ça ne servirait à rien. Au contraire, ce serait contre-productif. Il faut travailler sur le choc émotionnel que vous avez subi. Sur la dépression, la folie même. Oui, *votre* folie, puisqu'ils vous veulent fou à n'importe quel prix. »

Je ne suis pas d'accord. Moi, je veux m'expliquer. Comme ce soir-là avec la commissaire après qu'elle m'avait demandé mon nom et mon âge.

– J'ai 20 ans. Je ne suis personne. Je suis tout le monde. Je suis la multitude des anonymes.

J'ai deviné dès l'instant où nous nous sommes vus que le courant passerait entre nous.

– Nous vous enregistrons.

Je n'ai pas bronché.

– Et je suis armée.

Ce n'était ni une menace ni un avertissement, plutôt une forme de politesse. Un casque audio en fer à cheval ceignait son cou et elle a saisi mon regard étonné.

– C'est juste pour le bruit. Je ne supporte pas. Je ne peux pas habiter à l'intérieur du bruit...

Au téléphone, j'avais décrit l'endroit exact où je voulais qu'elle me rejoigne, entre les deux Algeco. Elle avait promis qu'elle serait seule en s'assurant que nous parlions de la même chose. Nous étions tombés d'accord.

« Sur le chantier... »

Ce n'était pas la voix d'une femme cette fois que j'avais perçue, mais celle d'un homme. J'avais surpris au vol son murmure de reproche. Le message était clair : des policiers seraient là, disséminés alentours.

Ma confession a paru il y a quelque temps dans la presse, puis en live différé sur les réseaux sociaux. J'ai suivi tout le processus depuis notre cellule en compagnie de Joseph. Nous avions une télé. Mon colocataire cantinait pour payer la location mensuelle du poste. Pendant des jours et des jours, ma photo et mon pedigree ont fait la une. Deux mois après mon incarcération, des éditeurs m'ont contacté pour que j'écrive mes mémoires. Mes *mémoires* ! À 20 ans ! Mon avocat m'a conseillé d'attendre la fin du procès.

« Signer un contrat d'édition avant le verdict final vous porterait tort. »

Il avait raison... mais sa raison n'est pas la mienne. Mettre un doigt dans l'engrenage et jouer le jeu du système, faire du fric, alimenter la machine alors que je désire la rupture totale, serait une incohérence. Ni avant ni après le procès il n'y aura de *mémoires*. Seules les audiences au tribunal me serviront de porte-voix. Mon conseil m'a pourtant mis en garde : faire de mon procès une tribune me nuira. En réalité, il craint pour lui-même. Il redoute le peu d'inattention qu'il lui suffirait pour ruiner le château de sable sur lequel s'est construite son ambition. Il préfère rester du bon côté du manche. Je ne lui en veux pas. Sa stratégie de défense ne peut pas être la mienne. Les meurtres, je les ai avoués. Je les revendique. Le pourquoi, là est toute la différence. Il me demande de me fier à lui, de me rendre à ses arguments, d'en croire son expérience. Moi, je lui parle de la mienne, d'expérience. De ma mère, de la perte de son travail, du stress de chaque jour, de sa SLA, de ma chienne Odzie, de ma rage, de mon désir de vengeance, de ma haine... Il paraît que je suis d'une puérilité qui frise la bêtise. Je me battrais contre des moulins à vent, paraît-il. Un jour, nous nous sommes sérieusement engueulés sur la stratégie de défense à adopter. Une fois le calme à peu près revenu, j'ai mis un terme à nos échanges stériles en résumant le fond de ma pensée d'une simple phrase :

« Je refuse d'être invisible. »

Il a acquiescé à contrecœur en secouant la tête de droite à gauche de dépit. J'étais une cause perdue. Il ne lui restait plus qu'à assurer l'essentiel, son rôle artificieux de défenseur dans le simulacre d'une justice de riches.

Le procès débutera dans une huitaine. J'ai hâte. Sur la petite table fixée au sol de ma cellule s'empilent plusieurs cahiers remplis de mon écriture serrée. Chaque jour, je note, me relis, imagine des scenarii, donne du sens et une réalité sociale à mes actes qui, en vérité, me hantent et me lancinent. J'en ressens toute l'horreur. Il m'arrive la nuit de pleurer à froides larmes. Comment ai-je pu ? Sur les faits, il n'y a pas à discourir. Ces deux types méritaient leur sort. Ils étaient les produits d'une logique mortifère qu'eux et leurs semblables ont érigée en modèle : l'enfer pour tous et le paradis pour quelques-uns. Mon avocat ne comprend pas de quoi ou de qui je parle quand je tente une explication.

– Eux.

– Mais qui ça, *eux* ?

Nous négocions longtemps sur ces *eux* afin de trouver une définition commune qui le satisfasse sans pour autant la vider du sens que je lui donne. En vain. Il secoue la tête, encore et encore, un tic chez lui, et finit par rendre les armes.

— Je crains que vous ne viviez dans un monde inventé par vous seul et à votre seul profit.

À mesure que le procès approche, il me laisse m'agiter dans mon coin, noircir des pages et des pages. Il refuse de jeter un œil à mes cahiers. De temps en temps, plus par acquit de conscience que dans l'espoir qu'il comprenne, je tente une explication.

— J'appelle à la révolte contre la société du profit et de l'esclavage moderne des corps et des âmes.

Le plus souvent, il sourit en coin, avant de soupirer, lassé de mes élucubrations.

— Plutôt que de massacrer des gens, vous auriez dû faire de la politique. Il y a une place pour les idéalistes de votre espèce, croyez-moi. Et, qui plus est, vous n'en seriez pas là, et moi non plus, à défendre un suicidé de la société.

— Je ne suis pas Van Gogh...

— Vous connaissez le livre d'Artaud ?

Il est étonné, peut-être même m'estime-t-il davantage. Se souvient-il au moins qu'Antonin Artaud, dans son essai sur le peintre, remettait en cause la folie de Van Gogh ? Bah, aucune importance. S'il est à l'aise sur le terrain de la pédanterie, pourquoi lui refuserais-je ce petit plaisir de l'entre-soi ?

Il est tard. Il y a moins de barouf la nuit à cet étage-ci de la prison, celui de l'isolement. Moins de bruits de clé et de détenus qui hurlent. Je m'apprête à entrer dans l'arène dès lundi prochain. Fatigué, je me frotte les yeux. Je bâille, m'étire, me lève et fais quelques pas d'un mur à l'autre pour me dégourdir les jambes.

Je me rassois, bien décidé à me relire avant de dormir, quand j'entends qu'on déverrouille la porte de ma cellule.

CHAPITRE 29

Le premier et le troisième jeudi du mois sont jours de foire à Eymoutiers, le centre-ville est alors fermé à la circulation.

Lacelle enfile son pardessus et quitte la maison en refermant la porte à clé derrière lui. Nathalie n'est pas encore réveillée. La veille, en fin de journée, ils ont pique-niqué sur les bords de la Vienne. Sa femme avait préparé des sandwichs végétariens et un gâteau creusois qu'elle cuisine à merveille. Une bouteille de pouilly-fuissé 2016 du Château Pouilly avait été mise à refroidir dans la rivière au bout d'une ficelle solidement nouée au goulot. Tard, ils étaient rentrés en se tenant par la main, une habitude reconquise après de longues années de mariage et à la faveur de leur vie nouvelle. Une chose si fragile en soi, ces mains enlacées après quatre lustres de vie commune, que chacun d'eux en éprouvait une jubilation irraisonnée, sûrement naïve, qui les comblait.

Lacelle remonte le col de son pardessus et ajuste sur sa tête son Stetson en coton ciré. Depuis qu'il a pris sa retraite, son allure vestimentaire a changé du tout au tout. À l'image de sa vie qui n'a plus rien de commun avec ses décennies parisiennes et son ancien métier. Le bonhomme a manifestement rajeuni. Il a maigri. Une barbe de trois jours piquette ses joues. Ses costumes de citadin ont atterri à la recyclerie du *Monde allant vers*. Pantalon de velours côtelé, chemise en coton, pull en laine, chaussures de marche font à présent son ordinaire. D'un commun accord avec Nathalie, ils ont décidé de se passer de la télévision. Lacelle s'est remis à lire avec frénésie. Une boulimie dont il ne se serait pas cru capable.

La retraite, il l'avait prise plus tôt que prévu à la faveur d'un nombre conséquent de jours de congés à rattraper, pour au final quitter ses fonctions de commandant à la Crim' sept semaines après l'arrestation du Tueur au hachoir. Une arrestation qui lui avait valu les félicitations de sa hiérarchie et les honneurs de la presse. Un pot de départ avait été organisé dans les bureaux du 36. Bugeat, Augne et ses collègues s'étaient cotisés pour lui offrir le nécessaire du parfait pêcheur à la ligne, à lui, Lacelle, qui de toute son existence n'avait jamais esché le moindre hameçon. L'idée venait de Augne, bien sûr.

« Tu feras des selfies avec tes prises et tu nous les enverras par mail. Sacré veinard ! »

Ce dernier lui avait remis solennellement l'attirail complet de l'amateur éclairé que le commandant n'était pas. Une canne télescopique en fibre de verre, céramique et ABS. Un moulinet en acier inoxydable muni de onze roulements à billes et d'un anti-retour. Un saut à vif et une épuisette à truites. Un détecteur de touche émettant un clignotement LED. Une boîte de cent leurres et, pour compléter le tableau, une paire de waders en néoprène. Lacelle avait rangé tout ce matériel dans son garage. Il ne s'en était pas encore servi, bien qu'il eût acheté une carte de pêche à l'office de tourisme d'Eymoutiers et pris des renseignements sur les points d'eau accessibles à un débutant.

CHAPITRE 29

Lorena Linards avait elle aussi été invitée à son pot de départ. Simple politesse qu'elle a contre toute attente acceptée. La psycho-criminologue lui avait annoncé au détour d'une conversation qu'elle était pressentie pour remplacer la commissaire Viam au ministère de l'Intérieur.

– Ah bon, vraiment ?

– J'ai bénéficié d'un jeu de chaises musicales et d'une prochaine promotion de la commissaire en province. Je dois entrer en fonction après les vacances d'été. J'attends le décret de ma nomination au *Journal officiel*. Il y a beaucoup de changement au sein du service, vous savez...

Son ton se voulait détaché mais ne parvenait pas à cacher le plaisir qu'elle éprouvait à en parler. Quant à Nedde, il bénéficiait aussi d'un avancement.

– Il a été muté à l'ambassade de France à Achgabat au Turkménistan.

Linards avait eu un petit sourire railleur en prononçant le nom du pays. L'affaire du Tueur au hachoir avait donc profité à tout le monde. Y compris à Lorena qui, ce soir-là, s'était vantée de la justesse de ses analyses concernant le meurtrier. Lacelle avait été cordial. Le lieu et l'occasion ne se prêtaient pas à polémiquer. Il avait bientôt perdu de vue la profileuse, se soumettant de bon gré aux nombreuses sollicitations dont il était l'objet et qui durèrent fort tard dans la nuit.

Viam, pareillement conviée, n'était pas venue. La veille, elle lui avait envoyé un SMS pour lui souhaiter une retraite heureuse. Des mots convenus, pas vraiment chaleureux, mais qui chez la commissaire représentaient un effort louable. Ce que le commandant avait pris comme tel et auxquels il avait répondu par un SMS tout aussi convenu : **Merci. À mon tour de vous souhaiter le meilleur.**

Lacelle descend en ville en empruntant le vieux pont de Peyrat. Il débouche tantôt sur la place principale desservie par le boulevard Karl Marx. Il bifurque sur la gauche, avenue du Maréchal Foch, et entre dans une boulangerie. Il achète une baguette de campagne et deux croissants. Au retour, il s'arrête chez le buraliste pour se procurer *Le Populaire du Centre* – le journal du coin qu'il a l'habitude de lire au petit-déjeuner en commentant à Nathalie les dernières nouvelles de la région et du monde. Lacelle le roule sous le bras et entame sa remontée vers la maison. Au passage, il salue quelques connaissances. Ce rituel autrefois lui aurait semblé d'un ennui incommensurable. Aujourd'hui, il est essentiel à ses yeux. Lacelle se sent bien dans sa peau de retraité et s'en veut de ne pas avoir compris plus tôt l'intérêt vital des choses simples et des menus plaisirs. De la civilité retrouvée à Eymoutiers qui fait défaut à la capitale, où un simple bonjour est considéré comme une agression. Pas de soucis, pas de mémoire, pas d'avenir, ni gai ni triste mais heureux d'être là, présent au quotidien, il n'en demande pas davantage.

De retour chez lui, l'odeur corsée du café lui chatouille agréablement les narines.

– C'est moi, chérie !

Après avoir retiré son pardessus qu'il pend à la patère, il rejoint son épouse dans la cuisine et dépose les croissants, la baguette et le journal sur la table recouverte d'une nappe en toile cirée à carreaux rouges et blancs. Il embrasse Nathalie sur les deux joues.

– Le café est prêt. Assieds-toi, je te sers.

Sa femme remplit de liquide fumant le bol de son mari, puis le sien. Elle replace la verseuse sur le socle de la cafetière et s'assoit à son tour.

– Quoi de neuf en ville ?

– Ils ont construit un métro souterrain cette nuit...

– J'espère qu'il dessert la Collégiale.

– Et les Ribières de Bussy dans l'autre sens, évidemment...

CHAPITRE 29

Des plaisanteries innocentes qu'ils aiment à échanger au petit-déjeuner et qui sont une habitude récente. À croire que l'air de la Haute-Vienne les a délestés de la morosité de la grisaille parisienne. Autrefois, Lacelle ne se serait jamais laissé aller à de telles futilités jugées absurdes et déplacées. Mais ici, dans leur maison pelaude, il est un autre homme. Avec la complicité de Nathalie, ils ont retrouvé le rire de l'enfance qui les rend légers comme des poissons dans l'air.

Lacelle boit une première gorgée de café après avoir soufflé dessus du bout des lèvres. Il détache une pointe de son croissant, la laisse tomber dans le bol, la repêche avec sa petite cuillère dégoulinante de jus noir et la gobe d'une bouchée en aspirant le jus. Il mâche ensuite avec l'application d'un homme que rien ne presse.

– Alors, quoi de neuf ?

Nathalie pousse négligemment le journal vers lui. Elle n'aime rien tant que son mari lui fasse la lecture le matin pendant qu'elle déjeune. À Paris, jamais ils n'avaient l'occasion de s'adonner à cet exercice maintenant familier à Eymoutiers. Elle a retrouvé l'homme rencontré quarante ans plus tôt, tendre, attentionné, aimant. Le temps dont ils disposent est le bien le plus précieux reconquis à la retraite. Le temps de lire, de manger, de parler, de rire, de jardiner, de cuisiner, de ne rien faire. Surtout de ne rien faire.

Lacelle déplie le journal et prend connaissance des gros titres. Une fois encore, la une est dédiée à la Covid. Elle s'interroge sur une possible énième vague et sur la nécessité d'une vaccination massive. Il en fait à son épouse une lecture des grandes lignes, puis il passe aux pages intérieures. Aux nouvelles de la région et de la commune qu'il dépiaute en détail et à haute voix, entre deux gorgées de café et la fin de son croissant.

L'avant-dernière page est consacrée aux faits divers nationaux. Lacelle a pour principe de ne pas s'y attarder.

Dans sa carrière, il en a eu son comptant et le monde ne va pas mieux, si ce n'est pire que lorsqu'il officiait à la Crim'. Il a d'un œil distrait suivi les prolongements de l'affaire du Tueur au hachoir. Peut-être sera-t-il convoqué pour déposer au procès qui approche à grands pas. Il en doute. Augne, qui l'a remplacé au 36, fera aussi bien l'affaire pour l'accusation. Un peu plus d'un an qu'ils ont arrêté le meurtrier de de Maizieux et de Charançon. Une arrestation qui a fait grand bruit dans la presse. Après avoir quitté ses fonctions, il s'en est désintéressé, abandonnant derrière lui son ancienne vie, aussi inutile et sans intérêt que la mue desséchée d'un serpent.

Au détour d'une brève, son œil est attiré par un entrefilet au centre de la page.

— Qu'est-ce qui t'arrive, Olivier ?

Nathalie est inquiète en le voyant blêmir. Lacelle lève une main pour qu'elle lui accorde un peu de temps. Il lit le court article qui relaie une dépêche tardive de l'AFP. Le journal promet de développer l'information le lendemain dans sa prochaine édition.

— Merde !

— Mais qu'est-ce qu'il y a à la fin, Olivier ?

Lacelle fait faire un demi-tour au journal pour qu'elle puisse lire. Il pointe son index sur l'entrefilet.

— Là.

Nathalie en prend connaissance, puis relève la tête pour constater que l'état de stupéfaction de son mari n'a fait qu'empirer.

— Il s'est suicidé. Pendu dans sa cellule avec le drap de son lit. C'est ce qu'ils écrivent... Comment est-ce possible ?

Nathalie a murmuré, comme si elle s'en voulait de proférer une énormité pareille. Lacelle la fixe. Les mots qu'il prononce semblent appartenir à un autre homme. Sa voix est déformée par le poids de la révélation.

– Justement, ça ne devrait pas.

Impossible d'imaginer, pour celui qui a arrêté le Tueur au hachoir et après avoir été le premier auditeur de sa confession, que le même homme se soit donné la mort après ce qu'il a expliqué des raisons de ses actes. Son intention de plaider la cause de tous ceux qui, comme lui, sont écrasés et réduits à des vies de peine et de misère.

– Il faut que je téléphone.

Lacelle quitte la cuisine en coup de vent. Dans le salon, il récupère son portable, le déverrouille et appuie sur la touche d'un numéro préenregistré. Trois sonneries avant que son correspondant ne décroche.

– Putain, Augne, c'est quoi ce bordel ?

CHAPITRE 30

Ils sont trois. Je n'en connais aucun. Des matons ? Ils entrent et referment la porte.

« Qu'est-ce qu'il y a ? »

Pas de réponse. Ce n'est pas dans les habitudes de la maison de déranger les prisonniers en pleine nuit, à moins d'une fouille surprise. Je viens d'être transféré à l'isolement et ils doivent bien se douter que je ne cache rien d'interdit. Je jette un œil à ma montre. Je n'ai pas fini de me relire, il me reste encore une page ou deux. Aucun des trois ne m'adresse la parole. Ils s'avancent. Je me lève. Un premier me saute dessus. Surpris par la brutalité de son geste, je réagis. Je me débats. Il me ceinture. Un second attrape mes deux jambes et me renverse sur le dos. Le troisième réunit en vrac mes cahiers.

Je crie.

La vente de sex-toys sous toutes ses formes n'est plus limitée aux magasins spécialisés. On les trouve par correspondance, sur Internet et même dans certains supermarchés. Ce jouet sexuel humain peut aussi se transformer en œuvre d'art. À l'image de *L'Arbre*, une sculpture de l'artiste américain Paul McCarthy installée place Vendôme en 2014, aussitôt vandalisée et retirée. Ce plug anal en plastique gonflable de couleur verte a provoqué la colère de nombre d'anti-art conceptuel. Des atrophiés de la braguette néanmoins qualifiés par le collectif Manif pour tous de « défenseurs de la morale ».

Dans sa dénomination française, le sex-toy est appelé godemichet ou, plus rarement, olisbos. Cet objet phallique se décline en de nombreuses formes et matériaux : plastique ABS, silicone, verre, métal, caoutchouc hypoallergénique, céramique ou encore bois.

Des fouilles archéologiques ont mis au jour des phallus sculptés dans la pierre datant de la préhistoire. Ces sex-toys antédiluviens avaient, estiment les spécialistes, la fonction symbolique de fertiliser et de contribuer à l'abondance des récoltes.

CHAPITRE 31

– Commissaire ?
– Oui ?
– Quelqu'un demande à vous voir.
– Qui ?

Viam ne lève pas les yeux du document qu'elle est en train de lire, un rapport de police relatant l'arrestation d'un jeune dealer dans le parc de la Sénatorerie. Un *zonard* selon les agents qui l'ont surpris en récidive à vendre du hasch à la sauvette, un jeune paumé déjà connu de ses services.

– Le commandant Lacelle. "En retraite", il a précisé. Il assure que vous accepterez de le recevoir même sans rendez-vous.

La commissaire acquiesce et la planton de service s'en retourne à l'accueil chercher l'homme.

En poste au commissariat de Guéret dans le département de la Creuse, Viam s'était demandé combien de temps mettrait Lacelle à l'apprendre, et s'il viendrait un jour la visiter. Sa *promotion*, elle l'avait plus ou moins choisie en fonction du commandant et de sa ville de résidence, toute proche, où il coulait, pensait-elle, une retraite heureuse. Le savoir dans les environs la rassurait sans qu'elle puisse s'expliquer pourquoi, mais elle ne lui aurait en aucun cas rendu d'elle-même visite.

Depuis l'arrestation du Tueur au hachoir, ils avaient eu peu d'occasions de se croiser. Leurs échanges s'étaient concentrés sur leurs rapports respectifs et leur communication en temps et heure au juge d'instruction. Elle avait été invitée quelques semaines plus tard au pot de départ du commandant. Elle avait préféré lui envoyer un texto de bons vœux auquel il avait répondu. Viam ne souffrait pas la vie. Se retrouver en bande la dégoûtait. Elle avait horreur du mélange et des faux-semblants et ne se sentait bien qu'en sa seule compagnie. Dans le cours de ses journées, dans son travail quotidien, cent visages imprégnaient ses pupilles pour s'y diluer et des dizaines de paroles finissaient de se décomposer sous le linceul de ses lèvres closes.

Cinq mois après le départ de Lacelle du 36, Viam débarquait à Guéret, place Bonnyaud, dans la cité administrative où elle prenait la direction de l'unique commissariat du département. Longtemps, elle avait hésité à démissionner après avoir appris sa mise au placard par le ministre de l'Intérieur. Elle avait opté au dernier moment pour un trou perdu dans l'une des régions les moins peuplées de France. Elle espérait n'avoir à s'occuper que de chiens écrasés et de vieilles mamies râleuses. Un placard poussiéreux et tranquille... car Viam eût aimé qu'on fît à sa place ce qu'elle se forçait à faire – comme traverser la place cinq matins sur sept ou saluer ses collègues – avant de s'enfermer dans son bureau. L'orgueil et le sentiment d'indifférence à penser de la sorte ne lui échappaient pas. Combien de temps tiendrait-elle ? Elle n'en avait pas la moindre idée. Ni de pourquoi elle s'obstinait dans la profession. Était-ce parce qu'elle se savait inapte à toutes ? Plus d'un an et demi après son installation, elle tenait toujours le coup. À quoi bon alors planter sa tente ailleurs ? Bouger encore et encore ne ferait que la retarder dans ses recherches personnelles. La seule chose à trouver était en elle, et nombre de ses problèmes venaient du fait qu'elle ne savait pas de quoi il s'agissait. Par chance, la vie à Guéret était paisible, elle la consolait de sa relégation travestie en promotion. Les premiers temps, elle avait fait sensation dans la rue avec son casque antibruit sur la tête. Les Guérétois l'avaient surnommée la *Commissaire Mickey Mouse.*

Viam referme le dossier qu'elle range dans un tiroir à l'instant où on frappe à sa porte.

– Entrez !

La planton ouvre et s'efface. Le commandant entre. Un large sourire illumine son visage. Elle ne le lui rend pas et propose d'un geste qu'il prenne place en face d'elle. *Elle n'a pas changé, toujours aussi peu chaleureuse*, pense Lacelle avant de s'asseoir. La commissaire a remarqué le changement vestimentaire du commandant. Son pantalon en velours côtelé et sa chemise à carreaux, une tenue qui se fond dans le paysage local. Il porte sur la tête un Stetson (tiens, il ne l'a pas retiré) qui lui donne un petit air de baroudeur australien, confirmé par sa barbe grisonnante de trois jours. Elle ne l'avait connu qu'en costume cravate. Il a bonne mine mais, même sous la torture, elle ne lui en ferait pas la réflexion.

– Bonjour Fleur.

Qu'il l'appelle par son prénom la fait se raidir. Personne jamais ne l'appelle Fleur !

– Vous permettez que je vous appelle Fleur, n'est-ce pas ?

Viam fait un geste indéfini de la main, sans qu'il sache si elle approuve ou pas.

– Appelez-moi Olivier, vous me ferez plaisir.

La commissaire reste de marbre, embarrassée par la familiarité que tente de créer entre eux le commandant. Au commissariat, ses collaborateurs la savent taiseuse mais appliquée et compétente. Si son caractère et la distance qu'elle met entre elle et eux ont les premières semaines troublé beaucoup de fonctionnaires de police, ils ont fini par l'accepter et s'y plier.

– Et donc, Fleur... comment allez-vous ?

Ce qui ne fait qu'ajouter à son trouble.

Lacelle lui avait posé la même question quelques minutes après l'arrestation du Tueur au hachoir.

CHAPITRE 32

L'entrée du chantier était éclairée par de puissants projecteurs. Une grille en barrait l'accès, fermée par une chaîne en acier haute résistance à maillons longs et un cadenas ABUS Granit™ de sécurité. Viam en possédait une clé et libéra la chaîne. Le casque sur les oreilles, elle avança avec prudence sur un chemin de terre, jusqu'à atteindre les deux Algeco que lui avait indiqués le présumé Tueur au hachoir. La commissaire était appareillée de deux micros HF miniature wifi. L'un caché était sous le col de sa chemise, l'autre dans la poche de son pantalon de toile kaki. Deux GPS traqueurs permettaient de la localiser dans un rayon de cinq kilomètres. Dans son holster, son arme de service pesait sur son côté gauche. Elle n'avait pas réussi à convaincre Lacelle d'y aller sans. L'équipe du commandant, renforcée par une armada de policiers du commissariat de la ville de Sevran, était postée dans les proches environs, à disposition et prête à intervenir. La veille, ils avaient disséqué l'opération dans les moindres détails pour parer à toutes les éventualités. Bugeat chaperonnait Lacelle dans la fourgonnette banalisée qui faisait office de poste de commandement. Si le commissaire général avait accepté de ne pas prévenir le ministère de l'opération en cours, il avait néanmoins fait comprendre à Lacelle qu'en cas d'échec, il lui en ferait porter l'entière responsabilité.

— Par ici !

La voix provenait des Algeco. Viam sentit les muscles de son ventre se contracter. Il n'était plus temps de faire marche arrière.

— Ici !

Une nouvelle fois, la voix la guida, l'invitant à s'approcher. La commissaire se faufila entre les deux préfabriqués dans un étroit passage en terre battue, peu éclairé et à l'abri des regards. Elle aperçut une silhouette qui lui faisait signe de le rejoindre, ce qu'elle fit.

L'homme était mince. De taille moyenne, il portait un jean et un sweat à capuche. Le timbre de sa voix était jeune, presque juvénile, le même qu'au téléphone. Quand elle se trouva à moins d'un mètre de lui, il lui tendit la main. Ce geste étonnamment amical et inattendu lui déplut et Viam ne la serra pas. Au contraire, elle l'avertit aussitôt d'un ton aussi neutre que possible.

— Nous vous enregistrons.

Devant le peu de réaction de son vis-à-vis, elle se crut obligée d'ajouter :

— Et je suis armée.

L'homme baissa le bras. Il s'adossa à un des Algeco et se laissa glisser jusqu'au sol. Il se retrouva assis sur ses talons, les bras croisés sur ses cuisses. Viam l'imita en prenant appui sur le second Algeco. Elle surprit son regard posé sur le casque audio qu'elle avait fait glisser autour de son cou.

— C'est juste pour le bruit. Je ne supporte pas le bruit. Je ne peux pas habiter à l'intérieur du bruit...

Elle lui demanda son âge et son nom. Savoir que Lacelle l'écoutait et qu'il enregistrait la confession de l'homme permit à la commissaire de s'échapper d'un présent qui l'angoissait. Elle le laissa s'épancher dans une sorte de torpeur attentive. Lorsque, enfin, il se tut, la commissaire fut saisie par la portée de ces aveux et de sa réflexion. Ce que l'homme avait laissé transpirer de sa personnalité lui donnait par certains aspects communs la mesure d'elle-même. Il n'était pas le monstre auquel tout le monde s'attendait ou voulait qu'il fût. Il était intelligent et argumentait sans chercher à se disculper. Cette normalité apparente était d'autant plus dérangeante qu'elle n'était ni forcée ni jouée.

Ils se redressèrent dans un même élan et se retrouvèrent debout face à face. Viam n'était pas loin de lui donner raison. Non pas sur les meurtres, mais sur l'analyse qu'il faisait des conditions qui l'avaient poussé à la violence. Une singulière compassion l'avait envahie, elle qui n'en éprouvait d'habitude aucune pour personne, et moins encore pour elle. Son réquisitoire contre la société et la minorité qui la manipulait réveillait chez elle un sentiment si profondément enfoui que Viam le pensait à jamais éteint. Elle ne savait pas si elle devait lui en être reconnaissante ou lui en vouloir. Le lieu et la situation étaient inhabituels pour une telle découverte sur soi.

– Allez-vous me suivre ?

La question coupa court à ce qu'elle ressentait et qui l'effrayait davantage que le Tueur au hachoir.

CHAPITRE 33

— Je vais bien...

Viam lui fait la même réponse qu'elle lui a faite le soir de l'arrestation. Lacelle sourit à ce souvenir.

Mais pourquoi le monde entier sourit-il à tout bout de champ ? Viam s'en agace et se renfrogne, tandis que le commandant se remémore la commissaire sur le chantier après que ses hommes avaient sans difficulté appréhendé le Tueur au hachoir. Il avait suivi sa confession en direct. S'il l'avait trouvée parfois confuse, il avait été non moins sensible à son plaidoyer et à la justesse d'une bonne partie de son analyse. L'enregistrement capté était un acte de foi par moment brouillon mais jamais inepte. Un quasi-manifeste qui invitait à l'insurrection contre le système. Le type n'était ni fou ni sanguinaire, mais plutôt la victime enragée d'une machine à broyer l'humain.

L'affaire lui en rappelait une autre du début des années 2000. Celle du *Comité invisible* et de l'opération de police menée à Tarnac, pas très loin d'Eymoutiers où il habitait aujourd'hui. Parmi ses nombreuses et récentes lectures, Lacelle avait lu les trois livres écrits par le Comité et publiés aux éditions La Fabrique, dont le fameux *L'insurrection qui vient*. Habiter sur le *Plateau* – comme les locaux appellent le plateau des Millevaches – l'obligeait, lui semblait-il et ne serait-ce que pour se mettre au parfum, à lire ces pamphlets anarco-insurrectionnels. S'ils ne l'avaient en rien convaincu de lendemains qui chantent, ils avaient eu pour effet de faire naître chez lui la perspective d'avoir été trop souvent leurré par l'affirmation que la société était égalitaire et juste pour tous. L'ex-commandant craignait *a posteriori* d'y avoir aveuglément cru et de s'être employé à servir cette société sans s'interroger sur son bien-fondé. Quarante ans durant d'avoir été au service d'un ordre établi qui n'était, à bien y réfléchir, que le chien de garde des possédants. Autant d'idées qui, depuis la retraite, barattaient l'esprit de l'ancien flic de la Crim'. Se serait-il trompé toute sa vie ?

— Tant mieux, Fleur, si vous allez bien...

Puis Lacelle la provoque dans l'espoir qu'elle se déride.

— Ne me demandez pas ce qu'il en est pour moi. Je suppose que vous vous en foutez pas mal, n'est-ce pas ?

Pas de réaction. Autant monologuer avec un mur et sa venue, il faut le concéder, n'a aucun sens. Nathalie lui avait d'ailleurs déconseillé de se rendre à Guéret, qui n'est pourtant qu'à cinquante-six kilomètres d'Eymoutiers. Elle redoutait qu'il n'en revînt déprimé et nostalgique de sa vie d'avant. Après une période d'acclimatation heureuse à la vie paisible de retraité, elle pensait que son mari se posait trop de questions. Les réponses qu'il y apportait le perturbaient davantage qu'elles n'auraient dû. Elle avait tenté de l'en dissuader.

« Je ne comprends pas pourquoi tu y vas. Ce n'est plus toi. Toutes ces histoires ne te concernent plus, Olivier. Laisse le passé là où il est... »

Le silence entre la commissaire et le commandant s'éternise, quand ce dernier reprend la parole pour en venir à la véritable raison de sa présence.

CHAPITRE 33

– Il s'est pendu la semaine dernière...

Viam ne bronche pas.

– Dans sa cellule. À l'isolement...

Toujours aucun effet sur la commissaire.

– Vous y croyez vraiment, vous, à cette fable ?

Lacelle avait appris l'affectation de Viam en Creuse une semaine auparavant par Didier Augne, à qui il avait demandé de se renseigner après le supposé suicide du Tueur au hachoir. Plus qu'une visite de courtoisie, et moins encore pour raviver des souvenirs entre collègues qu'ils n'étaient pas ou seulement le temps de l'affaire, le commandant souhaitait avoir son avis. Était-il le seul à penser que le Tueur au hachoir avait été aidé ?

– Non.

Une réponse sèche de Viam que Lacelle encaisse mâchoire crispée.

– On fait quoi, alors ? On laisse courir ? On s'en lave les mains ?

La commissaire se trémousse dans son fauteuil sans apporter de réponse à sa question. Lacelle enfonce le clou.

– Ce type ne se serait jamais suicidé ! Il attendait son procès pour marteler ce qu'il avait à dire. On aurait reparlé de l'enregistrement. Il avait une tribune à portée de main...

Viam hésite avant de se résoudre à répondre.

– Rien. On ne fait rien... Il n'y a rien que nous puissions faire maintenant. Il est trop tard.

De la contrariété se lit sur le visage de la commissaire. Lacelle croit qu'elle lui est adressée et se sent brusquement étranger à ce qui l'entoure. À son ancienne vie qui se condense ici, dans le bureau d'une commissaire de province emmurée dans son statut de flic mutique.

Pris d'une inspiration subite – et peu lui importent les conséquences, ou bien parce qu'il veut se démarquer, montrer qu'il n'est pas insensible, qu'il a changé, que sa nouvelle vie lui a, d'une manière ou d'une autre, ouvert les yeux et qu'il est aussi en droit de revendiquer ses actes –, Lacelle lâche d'une voix assourdie, se levant, déjà prêt à partir :

— Il faut que vous sachiez une chose, Fleur...

L'Uber le déposa devant l'entrée de son hôtel, un modeste Logis de France deux étoiles. Si le parti avait cédé devant la volonté du président, le budget alloué pour sa campagne électorale avait été réduit à son minimum. Sussac paya le chauffeur et demanda une facture. Il regarda la voiture s'éloigner avant de se tourner vers la façade déprimante de l'hôtel. Il eut envie de se changer les idées en allant faire un tour à pied.

Depuis une semaine, il sillonnait sa future circonscription. Il passait d'un patelin à un bourg, d'un village à une ville, flanqué de militants et de caciques qui ne lui lâchaient pas les baskets. Tout ce folklore l'ennuyait. Serrer des mains moites à longueur de journée, tapoter les têtes de morveux ronchons, sourire aux mères en les félicitant d'avoir pondu leur adorable progéniture, promettre tout et son contraire, faire des discours ineptes perché sur des tribunes de fortune ou dans des gymnases puant des pieds, manger midi et soir au restaurant avec des inconnus en s'intéressant à leurs vies minables, être capable de balancer une ou deux anecdotes bien senties au bon moment, se farcir le député sortant, son haleine de chacal et son allure sénatoriale, visiter des commerçants, des bouseux, des hôpitaux, des associations, des foyers, des crèches, des stades... Sussac n'en pouvait plus de cette mascarade. Il regrettait parfois d'avoir forcé la main au président, au parti et à cette baderne de député sortant pour être candidat à la députation et entrer à nouveau dans le jeu politique.

Ce matin-là, il y avait eu un incident sur le marché d'un gros bourg dont le maire était le candidat de l'opposition et son principal adversaire. Il avait dû serrer sa paluche en arborant un sourire faux-cul de circonstance. Ils avaient échangé des platitudes, mais se seraient bouffé le museau si l'occasion leur en avait été donnée. Sussac arpentait donc les allées du marché sis sur la bien nommée place Kropotkine, goûtait à des spécialités locales plus bourratives les unes les autres, buvait des verres de l'amitié avec de parfaits inconnus et félicitait à tour de bras des charcutiers, fromagers, épiciers, fleuristes, maraîchers, apiculteurs... quand les haut-parleurs qui, jusque-là, diffusaient une musique d'ambiance soporifique, résonnèrent des premiers accords d'une fameuse chanson de Pierre Perret. Le temps suspendit sa course. Il y eut autour de Sussac une agitation inhabituelle. Son directeur de campagne piqua un sprint en direction de la mairie qui se trouvait de l'autre côté de la place. Sussac ne comprit pas tout de suite la cause de toute cette agitation, mais dut bientôt se rendre à l'évidence. Les haut-parleurs diffusaient *Le Zizi*, l'antienne incontournable du chanteur à bouclettes que les gens alentour reprirent bientôt en chœur. D'abord à mi-voix, puis à gorge déployée dès que le premier refrain retentit : « Tout, tout, tout, vous saurez tout sur le zizi. » L'affront était de taille. Le rappel à la pénible affaire qui avait plombé la carrière de Sussac le giflait en pleine poire. Jusqu'à présent, il avait pris soin de ne pas faire d'écart, de mettre sa libido en stand-by, même si, pour lui, la sexualité était une routine qui lui donnait plus de poids et une meilleure assise psychique. Baiser le gonflait d'une importance dont il avait besoin pour se sentir quelqu'un. « On va p'têt' enfin savoir, quel est ce monstre sacré qui a donc tant de pouvoir » affirmait la chanson. Le candidat du parti du président souriait comme il se devait, en apparence insensible à l'affront. Il continuait de serrer des mains et de boire des coups. Lorsqu'un petit groupe d'individus se fraya un chemin jusqu'à lui et entonna *ad nauseam* l'ultime refrain en y ajoutant un petit quelque chose : « Tout, tout, tout, vous saurez tout sur le zizi de Benjamin Sussac. » Les mêmes exhibèrent une banderole où était peint en lettres rouge vif : #NousNeSuceronsPasSussac. Une humiliation de trop qui fit sortir de ses gonds le candidat. Sussac s'avança, poings fermés, prêt à leur rentrer dans le lard. Son directeur de campagne, revenu de la mairie où un employé avait fait la sourde oreille à sa demande de couper les haut-parleurs, le rattrapa de justesse et l'entraîna sans ménagement vers les voitures qui les attendaient pour un autre rendez-vous. Le staff suivit, sous les lazzis des supporters du maire et les mines rigolardes des gens qui, le soir en famille ou au bistrot, auraient à en raconter une bien bonne. Par bonheur, France 3 Région n'avait pas cru bon de suivre Sussac sur ce marché. Il n'y aurait pas d'images de l'incident... hormis sur les réseaux sociaux, moins de dix minutes plus tard, et filmées par des anonymes à l'aide de téléphones portables. Des images – mais leurs auteurs ne le savaient pas encore – que les chaînes de télé, au vu des événements, s'arracheraient le lendemain à prix d'or.

Sussac alluma une cigarette et aspira une bouffée. Jamais il ne fumait en public. Fini le temps où un Pompidou ou un Chirac s'en grillait une devant les caméras. De même que l'époque était au *safe sex*, le *safe health* était de rigueur. L'image qu'on donnait de soi était plus importante que ce qu'on disait. On pouvait proférer les pires énormités, mais sans cibiche entre les lèvres et sans quéquettes à l'air. Être propre sur soi était une armure d'immunité pour les gentils aussi bien que pour les salauds. Sussac ressassait les événements de la journée et, tout en tirant sur sa clope, se dirigeait d'un pas mesuré vers le petit parc qu'il avait repéré la veille en arrivant à l'hôtel. Le candidat goûtait ces rares moments de solitude où il se retrouvait, faisait le point et *rechargeait la bête* pour le lendemain. La politique telle qu'il la pratiquait était étroite et mortelle. De son point de vue, c'était sa peau qu'il défendait. Montrer des signes de faiblesse physique ou morale revenait à déambuler en tong dans un champ de mines. Dès le lendemain, il se devrait d'être frais, dispo et souriant de toutes ses dents blanches qu'il s'était fait refaire à prix d'or par un dentiste bronzé au fer à souder.

Sussac poussa du pied la porte grillagée qui marquait l'entrée du parc. Il n'était pas si grand qu'il en ferait le tour en une dizaine de minutes et reviendrait ensuite à l'hôtel. Par bonheur, la météo était clémente, ce qui n'était pas toujours le cas dans le département dont il serait bientôt le député. Sussac espérait être élu au premier tour et échapper ainsi à une nouvelle et harassante campagne de second tour. Un débat en tête-à-tête avec son principal adversaire le répugnait. Il était convaincu que celui-ci aborderait de front l'*affaire Sussac* et ne se priverait pas de l'enfoncer plus bas que terre. Cette pensée l'irrita.

« Putain de bordel de merde ! »

L'injure, même étouffée, lui fit du bien. Il respira un grand coup, aperçut un banc à deux pas de lui, s'y assit et écrasa sous son talon sa cigarette aux trois quarts consumée. *Juste le temps de profiter*, pensa-t-il. Un unique réverbère éclairait l'allée. La nuit était d'un noir de jais, ce qui ne lui déplaisait pas. Il n'aurait pas aimé être reconnu par un promeneur tardif et s'obliger à renfiler sa panoplie de candidat. Le rideau était tiré pour ce soir. La comédie ne reprendrait que demain matin, en commençant par l'incontournable rancard avec l'association départementale des chasseurs. Un insecte nocturne vint lui chatouiller les narines. Il le refoula d'un revers de la main, quand un bruit dans un fourré retint son attention. Sussac se retourna. Il ne vit qu'une masse sombre d'arbustes et quelques arbres qui s'élevaient droit vers le ciel. Un chat peut-être. Cinq minutes plus tard, il remontait l'allée en sens inverse.

Sa chambre disposait d'un petit coffre-fort bien utile. Le matin même, un membre du parti dépêché de la capitale lui avait remis un sac de sport de dimension moyenne qu'il avait aussitôt remisé en sécurité dans celui-ci. Il avait choisi une combinaison facile à retenir : la date de naissance du président. Le sac contenait de l'argent liquide pour sa campagne. Du cash qui ferait la différence et paierait les faux frais sans pour autant plomber les dépenses du compte officiel du candidat. Quelques milliers d'euros bienvenus que Sussac avait réclamés en prétextant de la trop faible dotation accordée par le parti pour sa croisade. Une moitié servirait à payer les extras, les dîners en compagnie de notables, ou encore graisserait la patte de quelques influenceurs locaux. L'autre irait dans la poche de Sussac. Il le méritait bien et n'avait aucun scrupule à ce sujet. Le pognon, il le savait, était un don d'Henri Féval de Largadère, son logeur durant sa quarantaine imposée.

Sussac n'était plus très éloigné de la sortie du parc quand, de nouveau, un bruit attira son attention. Il s'arrêta pour scruter l'obscurité. À l'endroit où il se trouvait, il n'y avait aucun lampadaire pour trouer la nuit de sa lumière pisseuse.

« Y a quelqu'un ? Hé ho ! Quelqu'un ? »

Pas de réponse. Sussac mit sa fébrilité sur le compte de la fatigue. Il se promit de se mettre au lit dès qu'il serait rentré à l'hôtel.

Il repartait quand s'éleva dans les ténèbres le refrain *mezza voce* d'une chanson qu'il connaissait trop bien : « Tout, tout, tout, vous saurez tout sur le zizi. »

CHAPITRE 34

Après le petit-déjeuner, ils ont prévu une séance de désherbage au jardin partagé. Ensuite, ils iront s'offrir un repas dans le nouveau restaurant qui vient d'ouvrir à Eymoutiers, Le Fario, spécialisé comme son nom l'indique dans la préparation de plats à base de truites et de truitelles.

Nathalie se prépare à la salle de bains. Lacelle termine de boire son café. Sur la table de la cuisine, ouvert sur les pages *nationales*, il relit pour la seconde fois l'article relatant en détail le meurtre, trois jours plus tôt, d'un candidat à la députation. L'affaire fait la une de tous les médias. Le ministre de l'Intérieur s'est exprimé dans une brève allocution diffusée sur les chaînes de télévision et amplement commentée et disséquée par les journalistes. Un communiqué de l'Élysée a exprimé l'indignation et la grande tristesse du président. La SDAT, la sous-direction antiterroriste, est à pied d'œuvre. *Le Populaire du Centre* reprend point par point les minutes de l'agression telle qu'elle s'est déroulée selon des sources policières qui ont fuité.

Benjamin Sussac venait de terminer sa journée de campagne électorale. Selon le chauffeur Uber qui l'a déposé devant son hôtel, l'homme semblait serein. Il a demandé une facture et le chauffeur est parti. Il dit avoir jeté un coup œil dans son rétroviseur et avoir vu Sussac immobile sur le trottoir sans personne dans les parages.

Lacelle débarrasse la table de la cuisine, range les couverts dans le lave-vaisselle puis nettoie autour du journal toujours ouvert. Sur la paillasse près de l'évier, il reprend son téléphone posé là quelques minutes plus tôt et se rassoit.

Que s'est-il passé ensuite ? Les premiers éléments de l'enquête tendent à démontrer que Sussac a éprouvé le besoin d'aller marcher avant de regagner sa chambre d'hôtel. Il s'est rendu dans un parc se trouvant à faible distance. Il en revenait quand il a été agressé par un ou des inconnus. L'article note que personne n'a rien vu ni entendu. Rien n'a été volé à la victime. Son portefeuille, ses papiers, sa montre de valeur, son téléphone de luxe, un Vertu hors de prix, étaient encore sur lui quand un homme qui promenait son chien le lendemain, un peu avant 6 heures du matin, a découvert la victime, allongée de tout son long dans l'herbe humide près de la grille d'entrée du parc.

– Qu'est que tu fais, Olivier ? Je suis prête.

Nathalie se tient debout dans l'encadrement de la porte de la cuisine. Elle est en tenue de jardinage : pantalon de travail stretch, tee-shirt en coton bleu, blouson sans manches et bottes en PVC.

– J'arrive. Je donne d'abord un coup de fil. Si tu veux, pars la première, je te rejoins dans dix minutes.

– Tu téléphones à qui ?

– Augne.

– Encore !

Nathalie fait la moue. Son mari n'a décidément pas lâché la rampe.

CHAPITRE 34

– Tu vas finir par le lasser, ce pauvre Augne. Tu crois pas qu'il a d'autres chats à fouetter que de tailler une bavette avec toi ?

D'un geste du menton, elle désigne le journal sur la table de la cuisine.

– Justement...

– Justement quoi ?

Nathalie n'attend pas la réponse de son mari. Elle fait demi-tour et s'en va en lançant par-dessus son épaule :

– Si je rencontre le prince charmant sur mon chemin, pour midi oublie le Fario. Tu n'auras qu'à te faire réchauffer au micro-ondes le gratin de courgettes d'hier soir. Ciao !

Lacelle esquisse un sourire. S'il avait craint que la vie à deux H24 à Eymoutiers finirait par tourner vinaigre, il n'en est rien. Le couple est plus soudé que jamais. Sa femme fait preuve d'une qualité d'écoute et d'une patience qu'il ne soupçonnait pas chez elle. Qui a dit que la retraite était l'antichambre de la boîte en sapin ?

Après que la porte d'entrée s'est refermée sur Nathalie, Lacelle reprend sa lecture. L'article sur la mort tragique de Sussac a pour titre la formule que le ou les assassins ont pris soin de pyrograver sur l'arme du crime. Une arme par destination dont l'utilité première n'est pas de fracturer un crâne ni de finir enfoncée dans le gosier d'un candidat à la députation... « Un Brancusi, colonne dressée vers le ciel, cette sculpture saura trôner dans vos intérieurs les plus raffinés. Hommage ou clin d'œil à l'artiste du début du siècle, elle est un symbole de la montée vers les plus hautes sphères du plaisir », ainsi était défini le sex-toy dans la description du fabricant sur son site. Le journaliste la reprenait sans en modifier un mot. Un godemichet en bois de la plus belle facture avait donc servi à fracasser le crâne de Sussac avant qu'on ne l'introduise profondément dans sa gorge. C'était la première fois en France qu'on utilisait un objet de plaisir féminin pour assassiner un homme. Inutile de dire que le journaliste faisait une relation directe entre l'affaire Sussac et sa mort tragique.

IN GODE WE TRUST, voilà ce qui était pyrogravé sur le Brancusi et qui chapeautait l'article dans *Le Populaire du Centre*. Il s'agissait d'un détournement de la devise nationale officielle des États-Unis votée par le Congrès en 1956 et qu'on retrouvait sur tous les dollars. Le journaliste, non sans malice, se posait la question de savoir si le ou les meurtriers faisaient référence au capitalisme ou à la zigounette médiatique de Sussac (bien sûr exprimé plus elliptiquement que cela…). Lacelle, à l'issue de sa lecture s'était demandé pourquoi avoir mis la SDAT en branle, d'où son idée d'appeler Augne pour en savoir davantage.

– Salut Didier.

Lacelle passé au salon est assis dans le canapé, le journal plié en deux à côté de lui.

– Commandant ?

– Je te dérange ?

– Non, ça va, je gère. Je suppose que tu me téléphones pour…

– *In gode we trust*.

À l'autre bout du fil, le capitaine Augne ne peut s'empêcher de pouffer.

– Un assassin qui a de l'humour, c'est pas si fréquent.

– Si je t'embête, tu me le dis Didier, hein ?

– Non, jamais. Eh ! Tu sais que je passe à mon tour commandant à la fin de l'année.

– Félicitations.

– Et ta retraite ?

– Aux petits oignons.

L'échange de politesses est suivi d'une pause, puis Lacelle en revient à l'objet de son appel.

CHAPITRE 34

– Pourquoi la SDAT ?

– Tu lâches pas l'affaire, toi, hein ?

– Flic un jour, flic toujours.

– Si tu en es aux lieux communs alors...

Nouveau silence. Lacelle connaît sur le bout des doigts son ex-bras droit et se doute qu'il cherche à gagner du temps.

– Si tu veux pas ou ne peux pas me dire, laisse tomber, je t'en voudrais pas. Après tout, je suis sur la touche...

– Non, c'est pas ça. Mais...

– Mais quoi ?

– Je sais que je peux te faire confiance et que tu n'iras pas le crier sur les toits...

Ce n'est pas une question, même si ça appelle une réponse.

– Bien sûr que non. Je suis pas devenu gâteux à ce point Didier.

Lacelle ne dira rien, même à sa femme, ce qui ne le change guère de l'époque où il était en fonction.

– OK. C'est confidentiel et classé "le premier qui cause on lui casse la gueule". Au ministère, on a fait passer la consigne à tous les services de la boucler à double tour. Il paraît que le ministre de l'Intérieur promet la porte et pire encore au premier qui moufte.

– C'est si grave que ça ?

– Grave, je sais pas, mais ça remue la vase dans les hautes sphères du pouvoir...

– Bon, et alors ?

Augne se racle la gorge. Lacelle s'enfonce dans le canapé et écoute sans le couper le capitaine qui explique que l'AFP a reçu une revendication du ou des meurtriers. L'agence a préféré la soumettre au ministère avant diffusion.

– Va trouver un organe de presse indépendant de nos jours... En résumé, Commandant, c'est un texte court qui appelle à la rébellion. Il se revendique du Tueur au hachoir et prend pour support l'enregistrement de sa confession.

Il s'agit d'un amalgame anticapitaliste brouillon et d'une succession d'appels à s'en prendre à tous les pouvoirs fascistes et à tous les possédants qui détruisent à leur profit la société ainsi que la planète. Un salmigondis d'injonctions qui préconise la mise hors d'état de nuire, en vrac et dans le désordre, des pédégés des grandes entreprises industrielles polluantes, nommément ceux de Total et d'EDF, ainsi que les dirigeants politiques qui "fabriquent du malheur". Le président est dans le lot, ce qui ne le fait pas rire du tout. Il y est affirmé que de Maizieux, Charançon et Sussac n'ont eu que ce qu'ils méritaient. Tu vois un peu le genre... Et ça se termine par "chacun sa part, chacun son salaud". En bref, c'est un Reader's Digest des grandes lignes de la confession du Tueur au hachoir. Et tu devineras pas le blase dont ils se sont affublés...

– Vas-y, dis-moi.

– *L'insurrection impériale* ! Ah, les cons ! Ça veut dire que dalle ce truc, mais ça fout quand même la pétoche au sommet de l'État. Pour te la faire courte, ici c'est le branle-bas de combat. Bugeat est sur des charbons ardents. La SDPJ du coin est déchargée et la SDAT déboule en force. Le mot *terroristes* fleurit dans toutes les rédactions du pays. Et comme l'aurait dit un Roger Gicquel en 1976 : "La France a peur", version psychose et compagnie dans les chaumières.

– Ben, mon vieux, je suis bien content de plus en être...

Un ange passe.

– Sinon, Commandant, et la pêche ? T'as pris combien de baleines dans la Vienne ?

– J'ai pas commencé.

– Qu'est-ce que t'attends ?

– Moby Dick...

Rires à l'autre bout de la ligne, puis un silence et Augne, à nouveau, comme s'il regrettait d'en avoir trop dit :

CHAPITRE 34

– Tu gardes tout ce que je viens de te raconter pour toi, hein, Commandant ! Si ça se sait, je risque mon cul dans cette affaire...

– Non, je vais le claironner dans tout Eymoutiers !

Lacelle plaisante, mais il est vexé qu'on puisse douter de lui.

– Super ! N'oublie pas ton tambour et ton costume de garde champêtre... Allez, bon, là faut que je retourne au taf, on a une réunion avec Bugeat dans dix minutes pour faire un point avec les différents groupes de la Crim'. Sympa de t'avoir eu au téléphone, Commandant. Sinon, t'as rien d'autre à dire avant que je raccroche ?

– Si, j'ai vu Viam la semaine dernière à Guéret.

– Et ?

– Elle n'a pas changé...

– Alors ?

Nathalie est à genoux entre deux rangs de haricots verts. Les pieds ont bien poussé, elle arrache à la main l'herbe qui a tendance à les envahir.

– Il va bien.

Lacelle a lui aussi revêtu la tenue adéquate, jumelle de celle de sa femme.

– C'est tout ?

– C'est tout.

Il s'agenouille près de Nathalie pour lui prêter main-forte.

– Je vais t'aider.

– Va plutôt à la chasse aux limaces. C'est pas croyable ce qu'elles sont envahissantes, et gloutonnes en plus de ça, ces maudites bestioles.

Il obtempère. En moins d'une demi-heure, la récolte est fructueuse. Une cinquantaine de gastéropodes orange à qui il offre un bain gratuit dans la rivière.

Nathalie le rejoint et se nettoie les mains dans la Vienne.

– J'ai le dos en compote.

– Tu veux qu'on rentre ?

– Plus tard, je dois arroser les semis de radis et de salades sous la serre.

Furtivement, elle l'embrasse sur la joue.

– Que me vaut l'honneur ?

Lacelle mime l'étonnement.

– Aucun. C'est juste que j'en avais envie.

Sa femme lui tourne le dos et se dirige en fredonnant vers la serre. Il la regarde y pénétrer avant, rêveur, de rester un instant à contempler une Vienne plutôt basse ces dernières semaines. Lacelle voudrait ne plus y penser mais ne peut s'en empêcher et se pose la question : quel est son degré de responsabilité dans l'emballement des derniers événements ? Impossible d'en parler à Augne, il ne comprendrait pas. Et puis, il n'est pas seul, il y a la commissaire Viam.

– Il faut que vous sachiez une chose, Fleur…

À Guéret, dans le bureau de la commissaire, Lacelle s'était retourné. Viam le regardait sans marquer le moindre signe d'étonnement. Il eut l'étrange impression qu'elle savait déjà ce qu'il allait dire.

– Oui, Commandant ?

Après avoir fait un pas vers le bureau, il s'était arrêté, comme étonné lui-même de son audace.

– Je…

Devait-il ou pas ? Il n'était plus très sûr. Que risquait-il ? Foutre sa retraite en l'air ?

– Vous ?

La commissaire attendait sans montrer de signes d'impatience. La situation aurait perduré si Lacelle ne s'était pas jeté à l'eau.

– L'enregistrement…

– Oui ?

CHAPITRE 34

– Celui du Tueur au hachoir, le soir de son arrestation...

– J'avais compris.

Viam le fixait avec des yeux qui ne laissaient rien deviner de ce qu'elle pensait, si ce n'est qu'ils trahissaient une attention extrême. Lacelle remarqua alors qu'elle avait changé de coiffure.

– Elle vous va bien.

– Pardon ?

– Votre coiffure.

– C'est de ma coiffure dont vous voulez me parler ?

Il n'y avait pas d'irritation dans sa voix, même pas un soupçon d'une quelconque moquerie. Son étonnement semblait sincère et Lacelle se sentit stupide.

– Non, bien sûr que non...

Viam ne broncha pas. Le commandant se décida enfin à parler.

– La retranscription écrite de l'enregistrement, c'est moi qui l'ai transmise à la presse. À No Média, je veux dire.

Comment allait-elle réagir à cette information ? De toute façon, il ne pouvait plus reculer.

– Pourquoi ?

Toujours cette voix neutre et dérangeante.

– Le lendemain de l'arrestation, Bugeat est venu me voir. Il avait reçu l'ordre de remettre l'enregistrement du tueur aux services du ministre de l'Intérieur. Vous le saviez ?

– Oui. Le trajet habituel. Il est d'abord passé par moi. Je l'ai ensuite remis à Nedde qui l'a remis au ministre, qui l'a...

– Je n'en doute pas. De mon côté, j'étais certain qu'on étoufferait l'affaire, une prémonition si vous voulez, et qu'on effacerait toute trace de l'enregistrement. Alors, bien qu'il soit illégal dans une procédure de faire une copie d'un scellé – je ne vous apprends rien n'est-ce pas ? –, et avant de le refiler à Bugeat, j'ai pris sur moi et ma matinée pour le retranscrire noir sur blanc. Bugeat s'est étonné que j'aie mis tant de temps à le lui remettre, mais il n'a pas insisté pour en connaître la raison. Une chance, j'aurais été infoutu de lui en donner une. La suite, eh bien vous la connaissez. Les affidés du président font passer le mot que le type est dingue, un fou à lier. Les porteurs d'eau rabâchent la parole officielle dans les médias pendant des jours et des jours, en boucle, et avec l'assurance dont ils savent faire preuve. Ils l'enfoncent dans le crâne des gens jusqu'à ce que leur message devienne une vérité gravée dans le marbre. D'ailleurs, je me demande bien comment ils auraient fait avaler au juge d'instruction que l'enregistrement n'existait pas ou s'était égaré si je n'en avais pas fait une copie. Il était pourtant dans mon rapport définitif, et je suppose le vôtre...

Viam ne confirme ni n'infirme pas.

– Bref, j'ai pris sur moi de le faire passer en douce à No Média. Ils savaient qui j'étais. De mon côté, je savais qu'ils protégeaient leurs sources. Il fallait qu'ils soient certains que la bombe que je leur refilais provenait de quelqu'un de fiable. Qui de mieux placé que celui qui a arrêté le Tueur au hachoir ?

Toujours pas de commentaire de la commissaire. Cependant, Lacelle se sentait plus léger, débarrassé d'un poids qui lui pesait sur la conscience depuis trop longtemps.

– Mon sort est entre vos mains, Fleur. Je m'en vais et vous laisse agir en conscience. Je vous demande juste de me prévenir afin que j'avertisse Nathalie si je dois remonter à Paris pour m'expliquer devant un juge...

Pour seule réponse, Viam avait cligné des yeux. Lacelle l'avait saluée d'un geste et s'apprêtait à partir.

– Commandant !

Il avait fait volte-face, s'attendant à une mauvaise nouvelle.

– Oui.

CHAPITRE 34

Sans qu'il ne comprît pourquoi, un large sourire illuminait le visage de la commissaire.

– Le premier blog qui a diffusé en ligne la version audio de l'enregistrement...

– Oui ?

– C'était moi. J'en avais fait une copie audio, parce que c'est plus rapide que de tout transcrire noir sur blanc comme vous dites, et que la procédure dans ce cas... enfin vous voyez.

Devant la stupéfaction évidente de Lacelle, la commissaire avait mis fin à la rencontre sans lui laisser l'occasion de lui demander des éclaircissements.

– Bonne journée, *Olivier*. Et saluez votre épouse pour moi.

Le commandant avait quitté le bureau de Viam sur un petit nuage. Il s'était retrouvé dans les rues de Guéret l'esprit en effervescence.

– On rentre se faire beaux pour déjeuner au Fario ?

Nathalie a fini d'arroser sous la serre, de préparer les prochains semis et de ranger les outils.

– Oui, je pense qu'il est temps.

Lacelle prend les devants. Il grimpe deux par deux les marches qui le conduisent en surplomb du potager. Sa femme le suit. Une fois côte à côte, ils admirent ensemble le paysage, le jardin partagé et, en contrebas, la Vienne.

– C'est chouette, hein ? Qui aurait pensé que nous serions ici il y a seulement un an et demi, mon chéri.

Lacelle entoure d'un bras la taille de Nathalie.

– Comme tu dis, ma chérie, c'est *chouette*.

Il l'embrasse sur la joue et, moqueur, s'excuse.

– J'avais envie...

Nathalie se serre contre lui. Ils demeurent ainsi quelques minutes, profitant du bonheur simple d'être présents au monde. Un geai lance son cri de crécelle en les survolant et va se poser à la cime d'un arbre. Lacelle observe sa course.

— Je voulais te demander, Nathalie...

— Oui ?

— Ça t'ennuierait si nous invitions à déjeuner la commissaire Viam un de ces quatre ?

— Comme tu voudras. Mais de quoi pourrions-nous bien parler ? Tu m'as assez dit qu'elle n'était pas très causante. Mutique même, si j'ai bon souvenir.

Le geai s'envole de la branche d'arbre où il s'était posé. Lacelle suit du regard sa trajectoire, et confie, énigmatique, à Nathalie :

— De l'insurrection, ma chérie. De l'insurrection impériale.

— De quoi ? *L'insurrection impériale* ? Laquelle ?

— De celle qui vient.

Au loin, le geai disparaît à travers les cimes des arbres dans un « krreehh » sonore, râpeux et éraillé.

Retrouvez Christophe Léon sur son site :
www.christophe-leon.fr

—

sur sa page Facebook :
https://www.facebook.com/chriistophe.leon

—

sur son compte Instagram :
https://www.instagram.com/christophe.leon

—

sur son compte Twitter :
https://twitter.com/christopheleon

Si vous avez aimé ce livre,
vous aimerez également l'ouvrage suivant
publié dans la même collection

288 pages • 14 × 21 cm
19,50 € TTC
Parution : janvier 2023
ISBN : 978-2-38302-009-7

« Vous êtes sur le répondeur de Maxime,
laissez-moi un message ! »
Pour la dixième fois, la centième fois, je raccroche.
Je laisse passer une poignée de secondes,
et puis je rappelle. Encore.
J'erre chez nous, je tourne comme un lion en cage.

–

Il est 3 heures du matin.
Mon mari s'est volatilisé en pleine nuit.
La chambre de mon bébé est vide.
Vide.

et les ouvrages suivants
publiés dans notre collection **RESTER VIVANT**

356 pages • 14 × 19 cm
16,50 € TTC
Parution : mars 2021
ISBN : 979-10-96935-85-7

En ce mois d'avril, tout allait bien pour Hugo, Vadim et leurs deux amis. Et voilà que, dans leur village paisible, quelqu'un est assassiné. Une personne qu'ils connaissaient bien.

Or, très vite, les soupçons des gendarmes se portent sur l'un d'entre eux… Leur amitié résistera-t-elle à la véritable tornade qui balaie ce printemps placé sous le signe de la mort et des mensonges ?

«PRIX COGNAC»
DU MEILLEUR ROMAN JEUNESSE
2021

396 pages • 14 × 19 cm
16,50 € TTC
Parution : février 2022
ISBN : 979-10-96935-98-7

Une jeune gendarme lancée à la poursuite d'un évadé de prison découvre un cadavre près d'un refuge de montagne. La victime est mineure, les indices sont rares, mais des témoins mettent en cause le fugitif.

Au même moment, des parents signalent la disparition de leur fils de 14 ans – un fait d'autant plus inquiétant que le poignard planté dans le corps sans vie pourrait appartenir à l'adolescent.

Que s'est-il passé ? Les évidences pourraient être trompeuses. Et si l'assassin n'en était pas à son premier meurtre ? Une course contre la mort s'engage sur les pentes abruptes des sommets pyrénéens.

Retrouvez ce livre sur notre site,
en flashant le QR code ci-dessous

ou rendez-vous à l'adresse
https://www.muscadier.fr/
catalogue/linsurrection-imperiale/

Ce livre est imprimé sur un papier composé de fibres naturelles, renouvelables et recyclables, fabriqué à partir de bois issu de forêts qui adoptent un mode de gestion responsable et durable – respectueux de la biodiversité, des équilibres écologiques et de la stabilité économique des populations locales.

Achevé d'imprimer par
CPI Firmin-Didot à Mesnil-sur-l'Estrée (27)

Dépôt légal : janvier 2023
N° d'impression : 173116

Imprimé en France